目　录

第一辑　向西，向西

第二辑　乘降落伞的西瓜

第三辑　在雪原与星空之间

第一辑

向西，向西

走，到阿里去

新兵训练要结束了，分配就在眼前。大家心里都关心这事，可表面上显得很淡漠，没心没肺地打打闹闹。因为你要是特别表现出对去向的关注，别人会觉得你挑肥拣瘦，思想有问题。领导知道了，没准儿会特地把你分到一个倒霉的单位，制裁一下你呢。

我对这事想得比较简单，希望做一个通信兵。女兵基本上只有两个工种可挑——卫生员和电话员。卫生员要给病人端屎端尿，我一想就心中作呕。要是当着病人的面吐起来，是多么尴尬的事！通信兵就比较安稳，每天打交道的无非是塞绳和电线，都是不会说话的哑巴，当然省心了。

墙上有一幅油画，叫“我是海燕”，一个英姿勃勃的女兵，在漫天风雨中攀上高耸的电线杆，维修线路。狂风卷起她漆黑的短发，因为淋了水，橡胶雨衣显出乌鸦羽毛一般油亮的光泽，随风飘荡……她高喊着“我是海燕”，这既是一句线路修复之后的联络用语，也充满了勇敢的象征意味，使我年轻的心激荡万分。油画的技术如何，我不知道，但暴风雨中的女通信兵成了我的青春偶像。我想，要是我当通信兵，力争比她干得还棒。打仗时，我会用两手把线路接通，让进攻的命令通过我的身体传达到火线，立个功给大家看。

在树林里，小如悄悄凑近我的耳朵说，这次有五个名额，分到阿里去。

我从这一句话里听出了两个问题：阿里是哪儿？你从谁那儿听说的？

小如拢拢耷拉到眼前的头发说，阿里是西藏的一个地方，听说海拔有五千多米呢，高寒缺氧，还有好多地方根本就没有人去过，号称“无人区”。

我吓得抽了一口凉气说，既然是无人区，要我们去干什么？

小如说，普通人当然没有了，但有国防军啊。听说那里以前从来没有女兵，这次是头一回。

我说，你的情报还挺详细，哪儿来的？道听途说还是你自己编的？

小如说，你还挺高看我的，这样机密的消息，我就是蒙着头想它个三天三夜，也编不出。是连长告诉我的。

我大吃一惊，说看连长那个严肃样，恨不能把我们都当成射击胸靶，怎会把兵家大事透露给你？

小如说，这事对你我是大事，对连长来说，不过小菜一碟。经他的手，把多少新兵送往四面八方啊。这是我给他洗衣服的时候，随口问来的。

我的疑问更大了，说，小如，你再说一遍，你给谁洗衣服？

给连长啊。小如清清楚楚地重复。

你为什么要给连长洗衣服呢？他难道是个残疾人，自己没有手吗？我很纳闷，惊奇中又很不以为然，看不起她巴结领导。

小如坦然地说，每天训练回来，一身泥一身土的，谁像你似的，那么懒，帽子脏得像炸油饼的锅盖也不洗。我可天天要洗的，要不睡不着觉。好几次遇到连长，他一个男人家，洗衣的时候笨手笨脚，肥皂泡儿溢了一地。帮一下呗，顺手的活儿。在家的时候，我也净帮着我哥。

我大笑起来，原来你把连长当成了哥，他就向你透露军情。

小如说，没事闲聊呗，话赶话地就说到那儿了。

我说，请继续刺探下去，特别是通信兵和卫生兵的比例问题。

小如说，你干吗特别关心这个呢？

我说，我讨厌卫生员这个行当，一天到晚遇见的不是病人就是死人，反正都是些没有笑容的脸，晦气啊。而且从根本上来说，我是一个缺乏同情心的人，所以，我不想穿白大褂。

小如反驳我说，当个医生多么好！治好了一个病人，人家全家都感谢你，会记你一辈子的。

我说，你怎么光想好事？就不想想，若给人家治死了，全家都恨你，也许到海枯石烂。

小如说，为什么光想坏事？再说，你就不会把本事练得精点，别把人家给治死吗？

我说，天有不测风云啊。再说，人总是要死的，这是伟人说的……

我俩正拌嘴，果平跑过来说，你们躲在犄角旮旯，是不是正说我的坏话呢？背人没好事。

我们大叫冤枉。果平嘻嘻一笑说，既然不是说我的坏话，就把正说的话告诉我吧。要不我不信。

我看着小如。消息的主要来源是小如，不能喧宾夺主。小如是个好脾气，虽然她不想把消息散布得人人皆知，但考虑到友谊至上，还是把所有的情报都告诉了果平。

我以为果平会激动得捶胸顿足，没想到她一撇嘴说，就这个啊，早嚷破天了。

我这才明白，有些消息的传播，是不需要“海燕”的。

果平接着说，连分配中卫生兵和通信兵的比例是九比一，也已是公开的秘密。

好像有千吨陨铁自九天坠下，正好砸到我的头上。我揪着果平说，你这话当真？

果平说，向毛主席保证！

这是一句极有威力的誓言，我再也无法怀疑它的准确性。

小如沉静地说，看来，只有极少数的幸运儿才能当上海燕，绝大多数都是小白鸽啦。

小白鸽是小说《林海雪原》中女卫生员的爱称。果平说，悲痛欲绝！我本来想若是一半对一半的比例，不哼不哈地等着，也许就会分我到通信站。没想到，事实这般残酷！

完啦！我彻底绝望，近在咫尺就有竞争者。我简直想变成老鹰，把小白鸽抓走几只。

河莲走过来说，这次分配最艰苦的地方是阿里。越是艰苦越光荣，我想写一份血书，你们谁与我同甘共苦？

果平说，哈！我只是在小说和电影里才看到血书什么的，没想到，真有人打算这么做！太棒了，我的血和你流在一起！

现在果平和河莲成一伙的了，神采飞扬地看着我和小如。

小如描绘的阿里，令我心惊胆战。要是分到我头上，那是没法的事，军人以服从命令为天职。可我不打算主动争取，那里离家太远了。再说，我的理想是当一个通信兵，阿里要的都是卫生员。我要写了血书，就从根上绝了成为海燕的希望。

不想，宁静的小如抢先说道，我写血书。

一下子局面成了三比一，我变成失道寡助的少数派，心里不由得有一点慌。想想海燕飞舞的雨衣，我咬着牙坚持道，你们要写就写好了，反正我是不写的。

果平和河莲有些失望，但她们毕竟人多势众，便不理我，一齐商量血书的操作规程。因为以往只是听人家说，真到了自己演练的时候，才发现有许多具体的步骤很朦胧。比如用什么部位的血呢？当然是用手指头上的血来得方便，可是“十指连心”，一想到要把好好的手指头扎一个洞，挤出血来，大家都直抽冷气。

我在一旁待着，有些尴尬，走不好，继续留下，好像也不伦不类。我胡乱找个碴儿要溜，小如却拼命扯我的袖子，要不是军装缝得格外结实，简直要揪出个窟窿。

我说，你到底要干吗，跟抓壮丁似的？

小如说，上厕所啊。咱们俩一起去吧。

我们的厕所离得很远，大概总有几百米的距离，这样，每次方便就有了散步的性质。两个好朋友一边走一边说，讲到开心处，有时真希望厕所修得更远一些，或者多喝几杯水，制造出更多上厕所的机会。

就算我和她们成了血书和非血书两个阵营，也不能拒绝要同你一道上厕所的朋友吧？

我和小如默默地往前走。

小如说，你真的打定主意不写血书了？

我说，是。

小如说，其实也没什么，不过就是疼一下子。别人都能忍过去，偏你就不行？

我说，也不光是个疼的事，了不起就像得一回肠炎，再说得邪乎点，就算悲惨地拉了一场痢疾，一咬牙一跺脚也就过去了。

小如笑起来说，我看，你对医学还挺懂点门道的。

我说，我一辈子就得过这么两种病，疼痛如绞，记忆犹新。

在靠近厕所的地方，小如停下脚步，板着脸说，既然你不怕，我看你还是写血书的好。

看着她的严肃样，我很惊诧，因为她平时总是笑眯眯的，姐姐一般温柔和气，这是怎么啦？

小如看出了我的心思，小声解释道，我听连长说，他就是要用敢不敢主动要求去阿里来考验一些人。要是你主动要求了，也许就不让你去了，会特地按照你的爱好，分你一个想去的地方。要是你缩手缩脚地不表态，往后躲，就偏让你去。

我好似被人兜头灌了一脖子的冷水，脊梁骨变成一根又硬又直的鱼刺，梗在那里，回不过弯儿。原想革命大家庭温暖和谐，不想还有“阴谋”埋伏在里面。

我一急，结巴起来，说，河莲她们……都是……知道了，才故意……是吗？

小如说，我不知道，也不愿瞎猜。估计她们不明白这里的奥妙，真是一腔热血。你想啊，连长是多么精明的一个人，哪里能让大家都摸了他的底牌，那他的试验还有什么意义呢？

我稍微缓过一点神来，淡淡地说，热血也好，冷血也好，反正我是不打算写血书的。

小如说，我把话都说到了这个份儿上，看在咱俩是好朋友，才把这天大的秘密告诉你，你怎么就这样不开窍！

我说，小如，你是一番好意，我领情了。我要是不知道这个底细，也许你劝劝我，我也会写的。可我既然知道了，我是说什么也不写的。我不想当卫生员，我不愿去阿里，我也不做这种装样子的事。

小如急了，说，你怎么这么固执呢？大家都写了，就你一个人不写，不就显得你太落后了吗？你写了吧！连长私下问过我愿到哪里去，说他可以照顾我。我反正只是想当个医生，这回学医的名额多得很，我也不需要他特别为我做安排，我求求他，让他分你去当海燕。

我一把捂住小如的嘴说，你别侮辱了我心中的海燕。

小如气得眼眶里注满了泪水，说，小毕，你这样不懂别人的心，我是为了你好！

我说，小如，你的这份情谊，我会永远记得。只是我不能违背自己的心愿做事，你该理解我。

往回走的路上，我们一句话都不再说了，因为所有的话都已经说完。我们看着远方，那里有很多云彩，像棉花垛一般笔直地堆积着，渐渐地高入遥远的天际，在云的边缘，就形成了峭壁一般险峻的裂隙。云像马群一般飞腾着向我们扑过来，粗大的雨滴像被击中的鸟一样，从乌云里降落下来，砸到我们的帽子上，留下一个个深绿色的斑点。

快回去吧。我对小如说。

这儿的雨和内地的雨不一样。我家乡的雨，很细很小，牛毛一般。你要是不留意，好像觉不出来似的。但它的后劲很大，你在雨中走一会儿，全身的衣服都会湿透，阴冷会一直沁到骨头缝里。这儿，雨来得很猛，可是这一颗雨滴和那一颗雨滴之间，隔得很远，简直能跑一只骆驼呢！小如说。

我不知她为什么要说这些关于雨的没什么意思的话。从领新军装那天起，我们就是要好的朋友。但我拒绝了她最后的忠告，分手就在眼前。可能她不愿伤感，才故意找个轻松的话题吧。

整个连队掀起了如火如荼的写血书运动。我本想离这件事远一点，后来才发现完全躲不开。这个屋子的人在写，那个屋子的人也在写，你总不能老是待在操场上像长跑运动员一般乱转吧。这是一件让人可以充分发挥想象力的事，大家八仙过海，各显其能。手指上的血量很少，再加上很快就凝固了，根本就没法写字。后来就有人割腕取血，血虽然多，但那女孩子脸色苍白，一副快要晕过去的样子，把老兵班长吓得不轻，坚决制止了此类盲动行为。后来不知是谁，发明了一种节约而科学的方法，用少量的血，掺上一部分红颜色，再兑上水，就调成了一种美丽的樱红色，写出字来艳若桃花。

我东跑西颠，把大家的发明创造互通有无，像个联络员。

终于到了最后分配的日子，不想，连长陷入了困境。因为写血书的人太多了，也闹不清谁是最勇敢最忠诚最大无畏的。连长不愧足智多谋，他把堆积如山的血书放在墙角，开始实施新的选择方案。

那是一个晴朗的日子，扎着武装带的连长，像一株笔直的白杨站在操场中央，对所有的女兵大声发布命令——面向我，按个子高低，成一路横队集合！

我们都愣了一秒钟。这是一道古怪的命令，想想吧，一个连两百多人呢，平常都是成几路横队或几路纵队集合，方方正正才像队伍。就算连长萌发新招，编成一路纵队也够标新立异了。现在可好，一路横队，士兵像鲫鱼似的一个挨一个要排出多远！还要按个子高矮，真是复杂啊。

但命令，谁敢不服从？片刻犹豫之后，大家都开始迅速寻找自己应该站的位置。其中又发生许多混乱，女兵招收时对身高要求很严格，个头集中在一米六到一米七之间，同样身高的人，少说也有十几个，实在难分上下。于是彼此推推搡搡，各不相让。还有的人，入伍时测的身高，这一两个月过去了，部队的伙食好，又蹿起一截，按照旧印象排队，显然比旁人高出个脑袋尖，就得重新调换地方。还有的人因为胖瘦不同，引起视觉上的误差，非得背靠背地比了高矮，才能分出伯仲，难度不亚于一道数学题。

操场上吵嚷得像个蛤蟆坑，要是往日，连长早火了，非大声呵斥不可。但今天他竟是出奇的好脾气，由着女孩们颠来倒去地比量，直到每个人找好了自己的位置。

队伍排得实在惭愧，因为太长，形成了一个大大的“S”形，好像一道漫长的绿色篱笆，被大风吹过，前拱后弯。依连长往常的性子，必得让解散了，重新集结。但这一回，连长的容忍度极好，犀利的目光像梳子，从队头刮到队尾，又从队尾刮到队头，仍是什么话也没有说。

我偷着往四处瞧了瞧，好朋友都彼此隔得很远，大家是一片茫然，不知道连长玩的什么把戏。

连长调整了一下自己的位置，主要是大踏步地向后面退去，然后立定。他像一个等边三角形的顶点，在远远的地方，严峻地注视着我们。他那双猎鹰般的眼睛，睁得很大。

待他看到队伍自发地调整为笔直以后，温和地发布了第一道口令：单双数，报数！

每个女孩子都竭尽全力把数字报得很响，记得我是“二”。说句实在话，我不喜欢“二”，比较爱好的是“一”。报一的时候，嘴咧得很开，音波清脆嘹亮，好像时刻在微笑。报二就不同了，上下唇基本不动，喉咙里发出古怪的一声，好像吃多了白薯，打嗝似的。想想看吧，古代的故事里，老大总是勤劳勇敢的，老二多半又懒又馋。

唯一可以安慰自己的是，我听到河莲、小如和果平，报的数也都是偶数。人嘛，只要有和自己同命运的好朋友，就有了安慰。

大家注意，听我的口令，偶数——向前——一步——走！连长拖长了嗓门，发布新的口令。

于是，大约有一百个女孩向前迈出一步。这样，操场上就有了两条彼此等长的队伍，像一个巨大的等号。

大家都不知道连长葫芦里卖的什么药，充满人的操场显出了异样的安静，好像一片旷野。

连长又让我们继续报数。他稍微变了一下方式，不再是把我们分成一、二两组，而是让大家一五一十地报，然后命令逢五逢十的人向前迈一大步，好像农村赶集时挑选的日子。这时迈出向前的人显著少了，好像间过苗的庄稼，又被田鼠吃了一些秧苗，隔好远才稀稀拉拉地有一个人。

人们越发莫名其妙，连长当然不做任何解释。他按照自己的预定方针，继续发布命令，让站在队伍最前列的那排人，按一定规律报数，然后命令逢到某个特定号码的人向前迈步……几番操作下来，剩下的人越来越少，大家的好奇心也越来越强烈了。

现在，站在最前列的只有五个女孩子了。我很想看看都是谁，可是不行。连长的目光像探照灯一样盯着我们，只要你稍微拧一下脖子，立刻就会被他发现。

连长走到我们面前，对着我们五个人，也对着操场上所有的女兵说，现在我宣布，站在最前列的这五名，光荣地被选为第一批奔赴西藏阿里的女战士。这是她们的光荣，也是我们所有人的荣耀。让我们以热烈的掌声，欢送她们走上共和国最高的国土……

掌声暴风雨般地响起来，缠绕我们许久的问号，就被连长用这样宿命的方式，三下五除二地解决了。

连长接着用毫无感情色彩的语调，念出其余人的分配名单，对谁都是一视同仁。

直到这时，我才有胆量偷偷斜了旁边一眼，哈！果平、小如、河莲都和我并排站着，还有一个瘦弱的小姑娘，站在队伍的尾巴上，她叫苏鹿鹿。

和朋友们在一起的狂喜，冲散了我不愿当卫生员的愁云。况且，我也想通了，即使我不被分配到西藏去，也很难保证能当上海燕。听天由命吧，也许我的命里注定，必须要在工作中见到许多呻吟的人。不管怎么说，就算上班的时候愁眉苦脸，下班以后可以和伙伴们开心一乐，也该知足啊。

解散以后，大家立刻把我们几个围起来，充满好奇之情，好像此刻的我们已和大家有了显著的不同。

我大叫，不要这样对我们虎视眈眈好不好？好像我们不是要到阿里去，是从阿里已经绕回一圈似的。

大家就笑起来说，毕竟你们是要到那么遥远的一个地方，仿佛去另一个星球。到了那里，千万记得要给我们写信啊。

我说，你们那么多人，我怎么写得过来？等我以后当了作家，写一本书，你们大家传着看吧。

大家就笑个不停，说这个家伙多么会吹牛啊。

连长走过来，大家的笑声立刻消失了，等着听他的指示。

连长不看大家，单对我们五个说，现在，你们已经是西藏阿里边防部队医院的战士了，我们已经用电报通知了那里，那边工作很忙，要求你们立即上山。

我小声嘟囔了一声，为什么不用电话呢，那可比电报要快得多啊。

连长看着我，说，那里不通电话。我们只能用最简练的词句，把最多的内容用无线电波传递上去。

大家都不由自主地吐了吐舌头。连长并不理睬我们的惊讶，也不看大家，只是对着我们五个人说，上山的路途艰难而遥远，你们要做好充分的思想准备。为了领导方便，你们要选出一个班长来。

大家面面相觑。自当兵以来，凡事都是领导指定，今日如何民主起来?

河莲最先说出我们的心里话，选什么？连长看着谁合适，就让谁当呗!

一向说一不二的连长破天荒地缓缓说道，从现在开始，我已不再是你们的连长，你们已经完成了新兵的训练课目，就要走上工作岗位。希望你们能够记住这一段岁月，它是你们军旅生涯的开端。

大家的鼻子就有些酸，感觉到分手就在眼前。想想连长虽说严厉、偏心，但也有可敬可爱的地方。比如这一次分配，就并没有利用自己手中的权力做什么特意安排。他宁可用一种概率的方法来决定大家的命运。

我们伤感了一会儿，才发觉班长的人选问题并没有随着心情的变化而解决。小如最先打破沉寂，说，我看就选小毕吧。

我吓得大喊，不同意！不同意！

大家齐刷刷地问我，为什么？

我说，谁不知道班长是军队里最小的官啊，当不当的，实在也说明不了是否进步。可吃苦在前，享受在后，身先士卒是第一位的。我这个人，从骨子里就比较怕苦怕累，要是有别人给我做了榜样，带领着我向前，基本上还算一个服从命令的兵。要是想让我冲锋在前地起到某种表率作用，实事求是地说，我做不到。

大伙看我这副不堪重任的样子，也就不勉强我。但总得有个班长啊，连长等得不耐烦了，直搓手掌。我说，我提个人，你们可不能说我有私心。好不好？

大家说，真啰唆。没人议论你，快提吧。

我说，刚才小如提名我当班长，现在我再提她，好像有点互相吹捧的意思。我可真的是出于公心地认为，小如是班长的合适人选。她温柔细心，组织纪律性强，关心爱护同志，还爱给别人洗衣服……

大家笑起来，说同意同意，就小如啦！

连长大手一挥，宣布说，奔赴西藏阿里的女兵班现在组建完成，还是由小毕担任临时班长。

走，到阿里去！我们五个女孩手拉起手。

向西，向西

小小的年纪，告别了父母，到一个遥远而陌生的地方去，本应该是很伤心的。妈妈到火车站送我的时候，险些哭了。但我心中充满了快乐，到西部去，到高原去，真是一次空前的冒险啊！

从北京坐上火车，一直向西向西。窗外的景色，由密集的村落演变成空旷的荒野。气候越来越干燥，人烟越来越稀少，绿色逐渐被荒凉的戈壁滩所代替。三天三夜之后，我们这群女孩子到达了新疆的乌鲁木齐。在这里要进行最后的体检，才能决定谁可以到海拔五千米以上的西藏去。

我的身体一向很好，但这次医生说我的小便化验不正常，要是过几天复查还不合格的话，就要把我退回北京。

这不是“出师未捷身先死”吗？我的探险还没有开始，难道就要这么狼狈地打道回府啦？

我一定要想出一个办法！

我的目光停留在一个同我最要好的女孩子身上。

我悄悄地把她扯到一个僻静的地方，对着她的耳朵说："你说，我们是不是好朋友啊？"

她说："当然是啦。你怎么想起问这个不成问题的问题？"

我说："既然是好朋友，我向你借一样东西，你一定是借的啦？"

她一扭头嚷起来："什么东西呀？咱们的东西都是统一发的，我有的，你都有啊！"

我一把捂住她的嘴说："干吗这么大声？是不是太小气不想借给我？实话说吧，我跟你借的这样东西，对你是一点用处都没有的，但对我的好处就大了！"

她说："那是什么宝贝呀？"

我说："是尿啊！"

我把我的打算告诉她，复查的时候把她的尿当成我的标本送上去。她刚开始吓了一跳，然后，很犹豫地说："这不是骗人吗？"我说："要是我复查不合格，到不了西藏，被退回北京，我们俩就再也见不到面了，更甭提做朋友了。"她想了想，答应了。

好不容易挨到了复查的那一天，没想到是通知我一个人单独到医院的检查科去。在卫生间里，我拈着盛标本的小瓶子，急得直掉泪。我真想到水龙头那儿，接一点自来水送上去，或者干脆把眼泪送上去化验，那就绝对没问题了。可是，我不敢。你想啊，化验员用的是显微镜，还不一下子就发现我的花招了？万般无奈之下，只好把自己的“标本”交上去了。

等待结果的日子，我和我的好朋友都充满了悲哀，以为我们必定分手了。

不可思议的是，这一次的化验结果完全正常。

我终于和我的好朋友一道，踏上了遥远的奔赴西藏的道路。我们告别了乌鲁木齐，在广阔的戈壁滩与高原上坐了整整十二天的汽车，到达了白雪皑皑的世界屋脊。我在那里待了十年。

后来，我把这一段有惊无险的遭遇和我的计谋，讲给一位老医生听，口气中充满了得意。没想到，他皱着眉说：“幸好你本身的体检合格了。要知道，西藏高原缺氧，氧气只有海平面的一半。要是你的小便有问题，就说明你的肾脏有问题；要是你的肾脏真的有病，又用别人的标本蒙混过关，那是很危险的。”

我承认他的话很对，但也仍旧很佩服当年那两个十几岁的少女，我们为了友谊和理想，真是很勇敢呢！而且不服气地想，西藏人的肾脏，就个个都是铁打的了？我在高原见过不少肾脏有病的人，活得也很快乐啊！

装大米的汽车

每个人都是坐过汽车的，但连着坐十二天汽车的经历，就不是人人都有的了。

打开中国地形图，注意一定要海是蓝的、陆地是绿的、随着海拔的升高逐渐变成橘黄色的那种地形图，而不是五颜六色的行政地图。

你往地图的左面看，地图是左西右东的，左面就是中国的西部。你会看到黄色像深秋的树叶，渐渐地浓重起来，从姜黄、橙黄直至加深到棕褐色。你从图例上查到颜色与高度的对应表，发现西藏的平均海拔在五千米以上。尤其是藏北，那是屋脊上的飞机。

怎样到达藏北呢？在遥远的古代，是乘骆驼和牦牛，往返一趟，要十几年甚至几十年的工夫。现在有汽车了，但从新疆的乌鲁木齐出发，也要将近半个月的时间。

我们坐的是大卡车，车上装满了大米。我们就把脚伸在大米麻袋的空当里，屁股坐在大米上，开始了数千公里的跋涉。

我们一边走一边不断地抱怨这些麻袋，它们像枷锁一样紧紧地箍着我们的脚。谁的腿要是坐麻了，想活动一下，就得在缝隙中把脚尖立起来，像个芭蕾舞演员一样，才能把脚抽出来。用手把脚揉好了，再从小孔把脚塞进去。

司机为大米打抱不平，说："你们还得感谢这些大米麻袋呢！这是为了运送你们，特地装在车上的。"

我们齐声嚷："才不信呢！要是没有这些大米，我们的地方会宽敞得多。"

司机说："要是没有大米，这样颠簸的路，会把你们头上的帽子颠到天上去，尾巴骨也会碎成八瓣。"

有这么可怕？

刚开始上路时，我们不信，随着山势的险峻，我们渐渐地信了。

修在峭壁上的简易公路，像鸡肠子一样弯曲细窄。

往来的车轮像耙子，把坚硬的沙石刨松了。车轮的碾轧，又把碎石聚成无数的塄坎，掘出无数的坑洼……人们给这种路起了一个形象的名称——搓板路。

车子在"搓板路"上行走，就像跳摇摆舞。一会儿抛上浪尖，一会儿跌下深谷。幸亏大米压住了车厢，要不然我们就得像滚珠似的在车厢里蹦跳不止。一天车坐下来，整个身体活像一把用了一百年的旧椅子，所有的关节处都要散开了。

第一天我晕车，路上吐了几次，晚上睡在兵站。兵站这个名称很有点古代烽烟的味道，那间房子奇大无比，十个女孩子住在里面，只占了一个角落。

地上铺着稻草，很松软。把头埋在里面，有一股太阳的气息。

我掐指算了一下说："哎呀，还要坐那么久的汽车，我都要变成老奶奶啦！以后我回家的时候，就坐飞机。"

说完之后，我就睡着了。

第二天一大早，所有的女孩子集合，领导说："有的人怕苦怕累，才坐了一天汽车，就想坐飞机回家了。这样的人，真没出息啊……"

大家都寂静无声，你看看我，我看看你。

我也好奇地眨着眼睛看别人，心想："是谁说的呢？她怎么和我想的一模一样呢？"

因为是不点名的批评，也没有什么严重后果，我渐渐地就把它忘了。

几年以后，遇到一个和我一道坐过大米车的朋友。她说："我可真是佩服你了，当年在那样的批评之下，大智若愚，不动声色。"

我说："你说的是什么呀？我怎么听不懂？"

朋友说："批评想坐飞机的人就是你啊。"

我大吃一惊，说："我根本就不知道那是在说我啊。"

朋友就说："那我告诉你，是谁向领导报告了你说的话……"

我赶忙捂住了她的嘴，说："你千万别告诉我，我一辈子也不想知道是谁。"

后来，我们就开始说其他的事，说得很开心。

说不想知道是谁，那是假话。以后的岁月里，我心头也曾多次浮起这个疑问。我想，当我说出那句发牢骚的玩笑话时，已是深夜；第二天一大早就被点了名，同我一道睡在兵站大房子里的女孩子，是谁这么嘴快告了我的状呢？

我仔细回忆那些裹在稻草里的年轻美丽的面孔，每一张脸都纯洁可爱。我至今不愿枉猜她们之中的任何一个人。

也许是那些大米麻袋告的状吧！

糖衣氧气压缩片

上山了。

我们五个——小如、果平、河莲、鹿鹿和我，有幸成为西藏阿里的第一批女兵，开始向雪山之巅进发。

一个炎热的早晨，我们坐上了从平原到西藏去的军用大卡车。大车厢里载了许多麻袋，内装大米。坐在麻袋上，把脚像芭蕾舞演员一般竖起，插进麻袋的缝隙。汽车摇摇晃晃地在布满石子的路上向山上爬，像一只笨拙的绿毛龟。

人人脑袋上方，笼罩着一片绿色。不是天的颜色，是汽车篷布笼罩的效果。我们大呼憋死了，要求同行的老兵批准揭开这顶盖子，看看外面的风景。

透过篷布上的窟窿，你们尽管看，看个够。针尖大的窟窿能透过斗大的风。没听人说吗？眼皮是世界上最大的物件，你只要睁着眼，有什么看不到的？同行的老兵懒洋洋地说。他是下山治病的，听说病还没治好，工作紧张，要他上山，所以，他闷闷不乐，一副苦大仇深的样子。新兵连长把我们几个女兵交给他，委托照应，他好像不堪重负的毛驴，又被人强压了一捆柴火，愤愤地不爱理人。

我们只好像预备行窃的小偷一样，每人揪住篷布上的一个小孔，尽力向外张望。汽车颠簸着，大米麻袋不停地上下蹿动，好像一尊浑身长着硬颗粒的庞然大物，不甘心驮人，一有机会就想把我们从它背上掀下来。我被晃得肠胃错位，说，一会儿你们谁帮我一下？我打算改造一下座位，用几袋大米摞成沙发模样，虽说硌屁股，肯定比现在舒服得多。

同病相怜的女兵们精神一振，都说我主意不错。

胡说！老兵斥我。

怎么啦？我不服气。

你找死啊！上山的路，奇险无比，咱是摸着阎王鼻子走钢丝，你还想舒服？到时候一个急转弯，你的麻袋沙发砸下来，屁股倒是不硌了，整个人成了米粉肉！老兵慢吞吞地说着刻毒的话。

想想也是。我讨了个没趣，只得乖乖地坐着重新张望。车外是一片青翠的原野，有薄荷样的清凉味道弥漫在裹着黄沙的空气中。

要走几天，才能到目的地啊？有人问。

大家都默不作声，车里能回答这个问题的，只有一个人。

可是此刻他眯缝着眼，好像已经昏过去了。

要是没什么意外的话，也就是说，不翻车，不遇上暴风雪，司机不得急病，车子不抛锚……六天。过了好久，当我们对获知答案基本绝望的时候，老兵瓮声瓮气地回答。

天哪，要走那么远的路！那还不到外国啦？要是能快点就好了，到了我就能给我妈妈写信了。鹿鹿说。她是我们之中最小的，肯定想家了。

老兵突然睁开眼，说，车走得那么快，有什么好的？还是慢点好，抓紧时间，好好看看，好好闻闻吧。他说得很认真，像是在传授什么秘诀。

我们四处乱瞧，耸动鼻子，但除了山峦和扑面的尘土以外，没发现什么特别的好味道。只好请教他，你让我们看什么闻什么呢？

看地。闻气。老兵很简略地说。

地有什么好看的呢？每个人都在地上生活了十几年，地就像我们的身体，早就熟透了。现在我们巴望的是早早到陌生的高原上去。至于空气，不就是一种无色无味风一样流动的东西吗？它无时无刻不在陪伴着我们，鼻子里嘴巴里胸膛中都充满了它，从我们一出生就与之相伴了。

不得要领，只得继续请教傲慢的老兵。老兵这一回很健谈，好像一直在等着教育我们的机会：马上就要开始爬山了，当然，是汽车在爬，不是我们爬。但是都一样，你会觉得路在我们面前立起来，汽车像个铁猴子攀登。爬得高了，氧气就慢慢稀薄了，好像空气和冰雪有不共戴天的仇恨，雪多的地方，空气就越来越少。

空气少了，是一种什么滋味呢？是不是就像感冒时，鼻子里堵满了鼻涕的感觉？大家纷纷议论。

不是那么回事。比起来，感冒就太舒服了。缺氧的感觉，就像有人掐住你的脖子，然后用鞭子赶着你在玻璃罩子里跑。你拼命张大了嘴呼吸，可是肺永远是空的……老兵若有所思地说。

这真是太可怕了。我们一个个煞白着脸，好像在听一个从地狱里回来的人讲旅游经历。

老兵是个很奇怪的人，当我们满不在乎的时候，他就吓唬我们。我们真的害怕了，他又变得大大咧咧。

我告诉你们一个治缺氧的好办法吧，百治百灵的……他很神秘地说。

啊，我知道的。一定是吸氧气了。鹿鹿的家里有从医的根底，抢先说道。

老兵有些泄气，但他很快恢复了指点江山的气概，说，你那是洋法子。荒山野岭的，到哪儿去找氧气筒？我说的是土方子，偏方治大病，你们知不知道？

我们怕他一生气，就不讲了，忙狠狠地瞪小鹿，齐声说，知道知道，偏方治大病。

老兵这才告诉我们，治缺氧最好的办法是——用背包带，喏，就是你们捆行李的那种，把自己的头紧紧地缠起来。记住，一定要用那根宽带子，窄的不管事。

我们目瞪口呆，果平第一个战战兢兢地说，那还不得把人勒死了？

老兵大不耐烦，说，我让你勒的是太阳穴那个位置，又没让你勒脖子，怎么就会死了！

大家想想也是，河莲说，是不是勒成日本浪人那副模样？

老兵说，日本浪人什么样，我没见过。反正这个法子治好了许多缺氧头痛的兵，信不信由你们。

我们赶快说，信信！

说话间，汽车马达发出很怪异的声响，好像是发动机得了肺炎，吭哧吭哧直咳嗽。老兵警觉地说，这就是开始爬达坂了。平原已经一去不复返。

我们从墨绿色的汽车篷布缝隙，注视着越退越远的平原，意识到一种巨大的变化就要出现了。

老兵谆谆告诫我们，今天到了兵站的时候，你们一定不可以跳下车就撒腿跑。因为身体根本不适应高原，你一剧烈活动，心脏的负担突然加重，它受不了，就罢工了。你就永远睡在第一个兵站了。

尽管老兵的口气很平稳，我们还是吓得不敢大口喘气。河莲似乎连笑也很节省气力，再不像往日那样哈哈个不停，只是小小地抿着嘴，好像旧时代的小姐。她不放心地说，如果背包带勒头不管事，怎么办呢？老兵很干脆地说，那就成烈士呗。阿里这地方就这点好，不管你是因为什么原因死的，只要牺牲在高原，就算是正经八百的烈士。说起来也有道理，要不是保家卫国，谁到这天边似的地方来呢。

我们都不想小小的年纪就成为烈士，因此，就很注意保养自己，大家话也不敢多说，软软地靠在大米袋子上，生怕一个微小的举动，消耗掉体内宝贵的氧气，悲惨地成了第一个用背包带勒头的人。

缺氧有一种轻度的麻醉作用，像喝了酒似的，晕晕乎乎。初次体验这种感觉的我们，以为它是晕车呢，并不在意。只是原来观看景色的眼皮，好像被糊了一层透明胶纸，你什么都可以看到，却觉得遥远而虚假。刚开始是冷漠地眯起眼帘，后来干脆昏昏欲睡，仿佛被人施了武林中的“麻骨松筋散”，大脑一片空白。

到啦到啦！老兵喊起来。

我们一惊，今天怎么过得这么快？老兵说，第一天登山的路，料到大伙都不习惯，特地安排得短些。以后甭想这么舒服了，晓行夜宿，早上摸着星星出兵站，晚上揣着月亮进兵站。对了，这还是在车子不闹脾气的好运气下。要是出了故障，另当别论，也许在冰达坂上蹲上个三天两宿，也正常。

老兵有个爱好，特别喜欢说不吉利的话，好像能从中感到极大的乐趣。

河莲撇撇嘴。那没说出来的话，我们都听到了——吓唬人呗！

老兵不傻，看出了我们的不以为然。他撩开篷布，一指兵站后面的小山，说，看到了吗？

兵站这个名字，很有点烽烟缭绕的边塞感，想象中该是庞大的屯兵之地，发生过"增兵减灶"之类的惊险故事。哪怕是军棋上的兵站，也有些不凡。谁一躲进去，就可避免炸弹的袭击。军长、司令也常常在内休养生息。可眼前的这几间低矮的小平房，冒着袅袅的炊烟，和普通的民居差不多，实在让人难以生出英武之感。至于兵站后面的小山，要不是老兵特意提示，根本就没人注意。一路上，这种貌不惊人的山梁，大约经过了几万座。

看到了。大家应付老兵说。

看到什么啦？老兵穷追不舍，好像诲人不倦的老师，课堂上提问没完成作业的差生。

看到一座普普通通的山。我们懒懒地答道。

谁让你们看山了？我让你们看的是山上的东西。老兵有些火了，脸皱得像汽车轮胎。

山上还有东西？我们很吃惊，幸好我们都是刚验过身体的新兵，视力绝对是雏鹰般敏锐，很快就看到了小山坡上的确有一些隆起的小土包，好像还有凋零的白花。

知道那是什么东西吗？坟。是一些像你们一样年轻、第一次上山的兵，没经验，觉得高原也没有什么了不起的，天是一样地蓝，水是一样地清。他们不听招呼，低估了高原的杀伤力。有人因为憋了一泡尿，下了车就跑，啪，摔倒了，再也没起来，永远留在高原上了。从今天开始，你们在上山的每一个兵站后面，都会看到一片铺满白雪的墓地。今天才是高原的边角，雪山的第一级台阶。你们要想在高原上活下去，必须对高原毕恭毕敬。你瞧不起它，它就让你拿命来向它赔不是。记住了吗？老兵这一席话，说得我们开始对他佩服得五体投地。

老兵率先下了车，铁拐李似的，走得极慢。我们按照他的样子，像旧社会的小脚女人，一步迈不了三寸。

西部夜幕落得晚，这天行程也短，此刻太阳在很高的山上悬挂着，像一只金羽毛的火鸟，灿烂而冷漠。果平说，啊，我对高原的第一个感觉是寂静，第二个感觉是寒冷，第三个感觉是空旷，第四个感觉是……

老兵不屑地说，这里才三千多米，你就那么多的感觉。要是到了阿里，足有六千多米，你还不得弄个十来八条的感觉，累不累啊？

果平仿佛被人塞了一脖子雪，立时没了说话的情绪。我们慢慢走到食堂，默不作声地开始吃饭。主食是大米饭，菜肴因为一下来了这么多人，兵站措手不及，不及准备，就倒了半盆酱油，说用这个拌米饭，很好吃的。

我心说，这玩意儿黑不溜秋咸不拉几的，倒在米饭里，能咽得下去吗？

嘿！真奇怪，舌头一上了高原，好像也发生了奇妙的变化，竟然完全分辨不出食物的味道。米饭吃到嘴里，像一粒粒长着刺的锯末。酱油汁把米饭渗透到发红发黑的地步，也不觉咸，好像搅拌进去的是一种无味的特殊颜料。不过，胃比舌头可捣蛋多了，刚吃第一口，就想吐。

看我们眉头紧锁不动筷子，老兵大口咽着饭说，知道了吧，这就是高原的厉害了。它会变魔术。从现在开始，你们要放弃在平原上的许多怪毛病。吃东西，不是为了舌头，而是为了肚子，为了脑袋，为了胳膊腿……一句话，为了能在高原上好好地活下去，你必须得吃。别理舌头那个家伙，听它的，你什么也不想吃。更别理胃那个软溜溜的没骨气的玩意儿，它想吐，你愣吃，它也没法，吃进去就是胜利。

我们像吃毒药似的，每人填了半碗饭。甭管老兵怎么用眼光督战，还是义无反顾地撤离饭桌，到各自房间睡觉。躺进冷硬如铁的被子时，我最后一个动作是看了看宽背包带放在哪儿。

咳，也不知道明天早上，我还会不会在阳光下醒来？要是就这样“烈士”了，倒也不算太难受。我想着，很快睡着了。

第二天起来的时候，没什么独特的倒霉感觉，我甚至都有点失望了，高原不过如此。

但很快，我就知道自己小瞧了高原。它用大智若愚的绵长内力，慢慢地持久地消耗着我们，当到达海拔六千米的界山达坂时，猛地一变脸，发动了全面的攻击。

胸膛里吸进的好像不再是空气，而是一种黏糊糊的金属，沉重而压抑。肋骨好像变成了八脚章鱼，紧紧地箍着肺，让它没法像平日那般自由扩张。脑袋里装满了打火石，摇一下就金星乱冒。眼珠子胀得难受，恨不能把它抠出来，用冰凉的雪水擦擦四周，再安回狭小的眼眶。每个人都嘴唇青紫，好像刚刚吃完玫瑰香葡萄，葡萄皮没吐干净。

恰好这时，由于海拔太高，气压太低，汽车也犯了高原病，水箱开锅了，呼呼直冒热气，像个火车头。司机只好停车，到远处去背雪，赶快给发高烧的汽车降温，让它歇息一会儿才可继续赶路。

我们像些八十岁的老婆婆，颤颤巍巍地爬下车。虽然一上一下又要消耗不少体力，喘似多年的老气管炎病人，我们还是要站在雪地上透透风。

无垠的雪原环绕着我们。五个女孩互相搀扶着，站在巨大的高原中央，惊讶它无比的美丽和壮观。天蓝得让人误以为是深不可测的海底，一朵白云像沉睡千年的珊瑚礁，凝然不动地沉没在空中，喜马拉雅鹰像热带鱼一般翩翩而过，黑翅掀起的气流，使山影像浸在水里的绸缎般抖动不止。陡峭的山峰戴着白雪的桂冠，安然地屹立着，好像在打坐，思索着人世间的难题。在偏戴着的帽子顶端，镶着钻石般的冰川，阳光照耀下，折射出的无数根银线，几乎要把人的双眼刺瞎。精灵般的野马，用花瓣一样的蹄子，把山石敲打出紫色的火星，似岚气顺着山脊蜿蜒攀升，只把一条乱甩的尾巴，留在跟踪它的眼光里……

我们呆呆地看着，缺氧使我们变傻，恍惚间觉得自己到了月亮背面，虽然极端荒凉，但美得令人不可思议。

果平掐掐自己的腮帮子，说，咦，我怎么不觉得疼？这是在梦里吧？

河莲很有经验地说，因为太冷，你脸上的肉都变成木板了，所以感觉不出疼。你可换种方式，比如用牙咬咬舌头，狠一点，才会见效果。

果子“呸”了她一口说，我宁愿相信自己是到了火星，也不愿把舌头咬出血。

河莲做出很无辜的样子说，我在脑子缺氧的情况下，还替你想出这样有效的办法，而你，真是不识好人心！

什么事都怕说，本来每个人都头痛欲裂，以为别人没感觉，就不好意思呻吟叫唤。现在有人开了头，大家就同仇敌忾地叫起苦来。

鹿鹿的头上早已绑了背包带，因为用力过大，额头勒得像个细腰葫芦，嘴巴被扯到耳朵根，好像她无时无刻不在嘲笑谁。她说，还偏方治大病呢，我的脑袋都捆成炸药包了，一点用也没有。

果平说，真想把肺从肚子里掏出来，邮寄到平原去，让家里人给灌饱了氧气，再寄回来。

河莲说，那可得挂号。要是万一寄丢了，你不就成了有心没肺的人了？

沉稳的小如说，我有一个设想……

大家就都很感兴趣地凑过来，要知道在这里冒出来的设想，很有可能是世界上最高级的。别的地方海拔哪儿有这么高！

小如说，我想制造一种氧气压缩片。小小的，白白的，很洁净的样子。含在嘴里，甜甜的，用舌头一抿，就有清凉的氧气从牙缝中源源不断地冒出来。呼吸到肺里，肺就像海上的风帆一般，张开来，像白蝴蝶一样，所有缺氧的难受就都消失了。

我们听着，都无限神往地舔着嘴唇……可惜啊，嘴里翻腾的都是昨晚上的酱油泡米饭滋味，小如的氧气压缩片只是一个梦。

老兵不知道什么时候走了过来，听了我们的谈话，说，氧气可以压缩到瓶子里，关键时刻真的能救命呢。压成片，没听说过。就是能行，也不能做。太危险了。比如，你兜里装了许多氧气片，要是经过炉子旁边，会呼的一下烧起来，爆炸起火……

我们掐着自己的太阳穴，困难地思索着老兵的话，在高原上，神经的传导也像蜗牛一般磨蹭。半晌之后，我们在心里强烈地反驳他：老兵，你也太没点想象力了。难道不能在氧气压缩片的外面，裹上一层保护用的红色糖衣，让它像巧克力豆一般美丽吗？揣着它穿过火焰的时候，至多是外皮有一点发黏，并不会影响使用。需要的时候含在嘴里，轻微的香甜过去之后，糖衣融化完，就一定会有带着薄荷味的氧气，像雨后森林的风一般，源源涌出。

打　靶

河莲个儿矮，像个敦实的土丘。司务长低估了她的胖，给了一套正二号的军装。河莲勉强把自己装了进去，觉得憋得慌，大叫起来，说上衣的第二颗扣子压迫了心脏，喘不过气来。司务长只好给她去换副号衣服。

军衣的型号挺奇怪，号数愈大的尺寸愈小。比如正五号衣服，中学生都能穿，但要是正一号，就得一米八以上的个头才撑得起来。当然，这讲的是标准身材，要是你长得比较圆滚，就得穿副号军装。副号的意思，是长度同正号一样，宽窄要肥出许多。女孩子一般都很忌讳副号。你想啊，军装为了行军打仗的方便，本来就宽宽大大，再一“副”，就更没款没型了。但河莲是个敢想敢说的女孩，她才不会为了别人的眼睛，让自己的心肺受委屈。

正号军装是大路货，后勤部门保证供应。副号属于稀少品种，司务长颇费了一番心思，恨不能跟后勤部门说河莲胖得像个孕妇，才算领来一套副二号的衣服。

试穿之后，河莲大为满意。不仅她的心脏跳动正常，这套衣服还有许多妙不可言的好处。一般衣服都是军绿色，好像夏天的松树林，这种独特的颜色有一个雄赳赳的名字，叫作“国防绿”。河莲的副号却是安宁的黄绿色，好像秋风扫过的草原，温暖而朴素。普通的衣服都是平纹布，河莲的衣服却是“人字呢”的。虽说它不是真正的呢子，只是布的纹路互相交叉，好像一行行一排排细密的“人”字，故而得了这样一个考究的名字，但看起来要比平纹布挺括得多。最最重要的是，河莲的军装是四个兜的！

没有当过兵的人，不知道衣兜的重要性。它除了装东西之外，更是一个标志。战士服只在胸前有两个口袋，提升了干部，才能穿有四个口袋的上衣。口袋因此成了某种地位的象征。不过女兵喜欢四个兜的衣服，倒不是势利的缘故。因为胸高，随身又总有些小零碎儿，比如手绢、钢笔什么的要经常带着，若衣服下摆没有兜，只得都塞在胸前，鼓鼓囊囊，像藏了一窝鸽子，显得很不利落。

副号有这么多优越性，大家都去找司务长要求换军装。司务长火了，说没见过这么难缠的兵！婆婆妈妈的，谁要是不想干了，就向后转，回家去，爱穿什么穿什么！

话说到如此凶狠的份儿上，我们只好乖乖地穿正号衣服。

河莲独自乐了没几天，发现人字呢也有弊病。洗衣的时候，刚把衣服泡在脸盆里，就有浑黄的汤沁出来。刚开始，河莲以为衣服格外脏，就拼命搓，搓得两个手掌像红萝卜一样。洗了几水之后，正号衣服还像葱叶一般绿，河莲的副号军衣已泛出菜心般的黄。

一天，果平大惊小怪地喊起来，河莲，要是敌机轰炸，第一个阵亡的肯定是你！

我们大吃一惊，不知果平为何发此恶毒咒语。

果平说，你们想啊，我们都有绿色伪装，只有河莲的衣服像经了霜的野草，还不一下就被发现了？

河莲脑子快，立即反驳说，依我看，还不知谁第一个为国捐躯呢！没准儿正是你们这些国防绿。

所有穿正号军装的都不干了，定要河莲说个清楚。

河莲不慌不忙地说，要是春夏季节开仗，大地一片翠绿，自然你们的衣服是最好的保护色。可要是秋天呢？丰收在望，落叶满地，到处都是金黄，肯定是我的衣服伪装性更好。

大家你看看我、我看看你，不得不承认河莲的话有几分道理，只好自我解嘲道，反正我们也不是敌人的参谋长，谁知道仗哪会儿打，要是春夏开战，河莲你就留在后方做饭。要是秋天开战，河莲你就一个人打冲锋。

河莲也不理我们，只是更起劲地洗军装，盆子里倒进一大堆洗衣粉，激起的泡沫，好像有一百只大螃蟹愤怒地吞云吐雾。她还专拣大太阳当头的日子，在外面晒衣服。这样，没用多长时间，副号不断褪色，最后简直变成白的了。

古代有句俗话叫：男要俏，一身皂；女要俏，一身孝。

关于“皂”到底是什么色，我们争论了好长时间，基本上统一了意见，认定是一种近乎月亮和蓝天混合在一起的颜色。关于“孝”，倒是没有什么争论的，就是医院里没有染上血的棉花颜色了。河莲在黎明的晨光里，背对着太阳走向我们的时候，白衣白裤，好像云彩剪裁做成的军装。

正号们充满嫉妒之心，果平甚至痛下决心，要在一年之内，把自己吃成一个大胖子，明年就可名正言顺地领人字呢副二号了。

看着果平像北京填鸭似的大吃特吃，小如提醒她，人字呢因为染料不过关，属淘汰产品，已经不生产了。河莲领的是库底子，谁知明年会怎样？若是你辛辛苦苦吃成相扑手模样，明年的副号已变成国防绿，你岂不白胖了一回？

果平这才放慢了胡吃海塞的速度。

我问河莲，你把衣服洗得这样白，是否准备冬天打仗的时候，一个人趴在雪地上，狙击敌人？你不要闹个人英雄主义，要知道，冬天的伪装并不难办，只要每个人披上一条白床单，任你火眼金睛也发现不了埋伏。

河莲说，你以为我是孤胆英雄？你不穿这衣服，不知它的毛病。特别不经脏，刚穿一两天，袖口就黑得像套了一圈猴皮筋，抹了机油似的，所以，我就老得洗。

练习匍匐前进，连长一个鱼跃，趴到草丛中，泥土四溅。女孩子虽然酷爱干净，但连长这般身先士卒，也就只好奋不顾身地扑过去，手脚并用，在粗糙的草叶上敏捷地爬行。草汁和着汗水涂抹在脸上，人好像流了绿色的血。

所有的人都趴下了，唯有河莲笔直地站在那里。

你为什么不卧倒？连长的好奇更大于震怒，在他当兵若干年的历史中，还从未看到过一个面对命令敢于不趴下的士兵。

我的衣服颜色浅，趴在这样的泥土里，再也洗不干净了。河莲理直气壮。

是衣服重要还是胜利重要？如果在战场上，你不卧倒，衣服可能始终干净，但你的小命就没有啦！连长声色俱厉。

我是傻子吗？到了打仗的时候，我自然知道生命比衣服更重要。炮声一响，我就像邱少云一样趴在地上，纹丝不动。河莲才不吃他那一套，有板有眼地回答。我们都忍不住笑起来。

连长大怒，认为河莲没有战斗观念，目无上级，给了她一个队前警告。看得出，河莲非常不服，但是有什么办法呢？一个小兵，而且是个新兵，哪里有你说话的分儿！我们顿生兔死狐悲之心，希望自己快快地老起来，满脸皱纹，穿破十套军装，就有了倚老卖老的资格。比如我们的班长，都是通信部队来的老兵，她们可以自由自在地打闹和嗑瓜子，连长皱皱眉，一声也不敢吭。

由于不断地卧倒，草绿色军装很快变成灰黑，勤快的人隔两天洗一回，使它勉强保持着衣服的本色。我是个懒虫，心想反正洗了也是脏，不洗也是脏，索性由它脏着好了。好在也不是我一个人不成嘴脸，大家基本上都是暗无天日。

一天连长看到我，咧着嘴说，我从来没有看到过像你这么脏的女兵。

我说，这是节约啊。

连长很奇怪，说，脏衣服比干净的衣服更耐磨吗？我当了这么多年兵，从没听说过。

我说，每天都洗衣服，要用掉多少洗衣粉和肥皂？多少时间？多少力气？搭在铁丝上，水珠会让铁丝生锈，日子久了，铁丝还可能会被压断……只要不洗衣服，这些岂不都省了？

连长第一次听到这种逻辑，气得咻咻喘，可一时也没话好说。但他似乎怀恨在心，在紧接下来的射击训练中，故意不指导我和河莲。别人托着枪练习瞄准，连长会耐心地趴在旁边，从瞄准镜中观察他们的动作是否符合要领，矫正他们有毛病的动作。走到我和河莲身旁，他总是淡淡地说，你们俩还需要辅导啊？都是很见过世面的老兵了，一个知道战斗英雄邱少云，一个是节约模范，到了靶场上，打个优秀是没说的了。

我和河莲苦着脸。多倒霉啊，刚当新兵，就和顶头上司结下冤仇。我使劲打了一下军衣的下襟，好像它是一个有生命的小动物。所有的麻烦，都是衣服惹出来的。当然啦，结果是除了军衣冒出一股尘土以外，疼的还是我的手和肚子。

晚饭后，河莲和我坐在葡萄架下商量，连长这么恨我们，怎么办呢？要不然，我从此不洗衣服，尽快把白军装穿成黑的，连长是不是就会笑口常开？河莲手托着腮帮，好像牙疼般地说。

我没好气地答，做梦吧！我的衣服倒是黑的，可连长还不是耿耿于怀？关键是我们顶撞了他。俗话说，连长连长，半个皇上。咱们再怎么赔笑脸，也没法挽回影响啦。

河莲倔强地说，你猜，连长现在最希望我们干什么？

我把葡萄藤卷曲的须子含在嘴里嚼着，苦涩的清水像小水枪一样滋在舌头上，酸得人打寒战。我说，他最巴望着咱俩在射击场上吃鸭蛋吧。

河莲说，英雄所见略同。我们现在只有用行动证实自己是个好兵。要不，就会被人指着脊梁骨耻笑。

人们多以为爱可以给人以力量，其实，憋着一口气的劲头更是大得可怕。我和河莲从此抓紧一切时间练习瞄准，每天趴在地上，胳膊肘磨破了皮，脖子上永远淌着几条透明的蚯蚓。口中念念有词，把射击要领背得像父母的名字一样熟，看到任何物体，想的都是“三点成一线”的口诀。至于军装，再不去理它，脏得简直没法提，活似两个卖炭翁。

连长还是不理我们。好在射击要领也不是他的专利，班长和其他人也可以指导我们。再有什么不明白的，我和河莲就自己揣摩，争取自学成才。

实弹射击的时候到了。靶场上的气氛很森严，掩体里等待报靶的士兵戴着亮闪闪的钢盔，在远处神出鬼没。二百米开外的半身胸环靶，在阳光下好似幻影。我不由得紧张，手心像攥了两把糨糊，黏黏糊糊。我看看河莲，她倒一副胸有成竹的模样。我也定了心，心想到了这个关头，你腿肚子发软，只会把事情弄得更糟，索性豁出去拼了。

枪声响起来。我的第一感觉，是它绝没有想象中的响亮，只相当于一个中等二踢脚崩出的动静。对真枪实弹声音的失望，使我的心很快宁静下来。偷眼看看连长，他似乎比我们还要紧张，目光炯炯地注视着一个个进入射位的女兵。每逢射手扣扳机的时候，他颊上的肌肉就会跳动一下，令人猜到他是牙关紧咬。

我打了个“良好”。说不上很理想，但我已殚精竭虑。

河莲平时的眼神不怎么好，没想到九发子弹竟打出了八十六环的优秀成绩，特别是她前八发子弹，居然是发发命中十环，简直是个神枪手。唯一美中不足的是，最后一枪，不知是何差池，江郎才尽，只中了六环。

不管怎么说，河莲为自己大大地挣回了面子。当连长向她走来的时候，我们就直直地盯着连长，看他对这个自己不喜欢但创造出优异成绩的刺头兵，如何反应。

连长仿佛什么事也不曾发生过的样子，对河莲说，要是你最后一枪打得再从容些，就能得满环，也许我会为你报个功呢。可惜了。

河莲刚查完自己的靶纸，不服气地说，我这最后一枪，端端正正地打到了敌人的脑袋瓜上。我看这报靶的环数定得不科学。若打到右胸偏上的位置，按规定就是八环，可谁都知道，那地方离心脏远着呢，并不一定会置人于死地。我的这个六环，正中人的太阳穴，明摆着，一枪就能取了人性命。

我们一听，都觉得河莲说得有理，且看连长如何答对。

连长微微一笑说，河莲，没想到，你还有一套打不准的理论。可是我问你，瞄准的时候，你瞄的是敌人的脑袋还是敌人的胸脯？

河莲说，连长你这个问题难不倒我。瞄准的要领是准星、缺口和胸环靶的下沿正中呈一条直线，当然是胸脯了……

连长用一个坚决的手势，制止了河莲略带卖弄的背诵。他可不想听一个新兵，把自己烂熟于心的拿手好戏再演练一遍。好了，你既然瞄准的是敌人的肚子，结果子弹却打到了头上，就算敌人躺倒了，也是瞎猫碰到了死耗子，没什么可吹的。很可能下次你瞄的是敌人的天灵盖，打到的却是脚指头。连长说。

大家笑起来。我真替河莲抱不平，但连长的话驳不倒。可怜河莲本是功高盖世的英豪，此刻倒成了大家的笑料。

实弹训练结束后，有两天的休整。我和河莲把自己的军衣都洗了，天哪，水黑如墨，沉淀了半盆的泥沙。看见我泼水的人直嚷：快去叫老农！这样的肥水，可以浇两亩好地。

我们耐心地等着太阳把湿军装晒干。洁净的衣服重新穿在身上的时候，令人有一种脱胎换骨的感觉。我们俩你看看我、我看看你，好像不认识似的。我的军装绿如橄榄，河莲的衣服恢复了白云的颜色。

连长走过来说，现在这个样子嘛，我这个当连长的面子上也有光。不管怎么说，你俩是我带过的最邋遢最不听话的新兵了。不过，幸好还不算太笨。

入眠，伴着雪山风啸

上昆仑山的时候，我们坐的是大卡车。齐着大厢板垛满麻袋，每袋两百斤大米。坐在上面，透过棉裤，感觉到蚂蚁般的米粒随着颠簸的山路蠕动，好像一摊活物。

一路上，老兵不断地问：有了吗？

我们说：没有没有呢。

老兵说：到晚上睡着就有了。每个兵站后面都有一大片烈士陵园，有好些就是先在床上睡着了，后来就睡到那儿去了。

昆仑山上的睡眠是头妖怪。

我们这些初次上高原的小女兵，就坐在大米麻袋上，恐惧地等待昆仑山上的第一个夜晚。

老兵们说“有”的那种东西，叫作“高原反应”。会让你的口鼻像螃蟹似的冒出粉红色的泡沫，皮肤泛出紫蓝的网纹。最后，你丢掉所有的体温，成为冰山的一部分。

我们那时只有十六七岁，虽说也感到轻微的不适，却都像否认有偷窃行为一样否认高原反应。那还是一个以为否认就能挽救一切的年纪。

到了兵站睡觉的时候，老兵说，高原反应是一定会来的，别看你们年轻。夜里头疼得实在受不了，可以用背包带子在额头上勒两圈，越紧越好。偏方治大病。

我躺在坚硬如铁的兵站枕头上，焦急地等待头疼。当它真的像春雨一般润物无声地降临时，我欣喜地发现它并没有想象中神奇。高原反应是一种像铅色绸缎般柔软而黏稠的东西，裹住你的大脑，使它晦涩地滚动。勒住太阳穴的确管用，好像在脑汁里滴了明矾，清凉多了。

当我的昆仑第一眠醒来后，发现兵站久未洗过的枕巾依旧在我的头颅下发着男人的汗味，高兴极了。我原本以为自己再也看不到枕巾上花里胡哨的图案了。

以后我在昆仑山度过了无数个夜晚。这话有些不准确，其实是可以算得清的。区区十年有什么算不清！但我不愿去算。睡眠和死亡曾经在我脑海中不断淤积，直到达到了感觉上的极限。

我们的营区海拔近五千米。这还是在正常的日子。碰巧赶上拉练，就要再高许多。高寒高寒，它俩是双胞胎，高了就必然寒。高处不胜寒。

分配给我们睡的是铁床，类似城市居民几代同堂时买的那种折叠床，是用铁片做的。一代又一代士兵的碾压，很多铁片断裂了。我们没有铁丝，就用麻绳把破损处连缀起来。躺着的时候，可感到一处处的凹陷，好像趴在打断了肋骨的母亲身上。

褥子很薄，透过床单可以看到铁条嶙峋的形状。上级动了恻隐之心，给每人发了一条草垫子。稻草的，黄黄的，软软的，叫人想起一个好收成。大家乐得吸了不少冰雪浸透的凉气。只是草垫子比我们的铁床要长，需铡去一段。那些日子，军营里像是喂牲口的料场，到处飘散着针尖似的草芒。

拉练露营的时候，当然不能带上草垫子。我们先把雨布铺在雪地上，再打开被子睡觉。我第一次这么睡的时候，心想第二天爬起来还不得满身泥浆？没想到干干爽爽地起床，掀开雨布一看，雪絮洁白松软，仿佛刚刚自九天坠下。微薄的体温就像一杯水倒进太平洋，早已溶进酷寒。

听说，地方政府派来的慰问团看了战士们的艰窘，调拨来了一批狼皮褥子。但数量有限，平均十个人才能分一条。

我急切地盼望着狼皮褥子的到来。不是巴望着能分我一条，而是想看看真正的狼皮是个什么样子。

终于来了。分到我们班里的那条狼皮褥子是黑色的，裁制得方方正正，同单人床一般大。皮毛上可以看出很明显的接缝，但颜色非常接近。远远看去，完全可以认为它来自一匹孤独的巨狼。毛绺儿很长很硬，纷披而下，发出苍蓝的闪光。我伸手摸摸它们，光滑而润泽。我突然忆起小时被父亲高高举起，抚摸父亲头发时的感觉。

大伙一致决定把狼皮褥子分给一个瘦弱的农村来的女孩。因为她的铁片床塌得最不成样子，她又靠门。她恰好不在，我们七手八脚地给她铺好了，每个人都躺到她的床上试了试。大家都说，狼皮真暖和。

她回来后一眼看到床边垂的狼毛，就哭了。

大伙忙说，别在意。我们都已经享受过了。

她说，你们这不是咒我死吗！我是属猪的，我妈自小就叮嘱我，一定得避狼！

我们重新决定狼皮褥子的归属，决定轮流铺，一人若干天。

昆仑山上的夜极其黑，但是很不安宁。三百六十五夜，大概三百五十天有风。风像排着队的疯婆子，用干枯的手，把旷野上的一切孤立之物，都变成弹拨的乐器。它让石屋发出呜咽的共鸣，它让电线空竹般鸣叫。它把士兵偶尔丢弃的空罐头盒，从地面嘘上屋顶。在飞翔的过程中，随意拨弄着它们，罐头盒就像硕大的口哨，吹出空袭警报的锐音。甚至石头也会发出怪兽般的抽泣。那一定是石头内的缝隙被风挤压了，痛苦地呻吟。

我们因此练就在喧嚣中酣睡的本领。当我离开高原回到城市，突然发现城市的夜晚是那样寂静。汽车喇叭和锅碗瓢勺的交响，实在是隔靴搔痒的皮毛。和昆仑山真正的钢鼓乐队相比，城市只是一支短笛。

昆仑之眠是充满陷阱的黑洞，许多人在梦中永不复返。盖因睡眠时人的抵抗力减弱，犹如不设防的城市，死亡的偷袭格外容易成功。时时听到某人睡着睡着就过去了的传闻。我们每天早上起来见大家都还活着，心中充满重新诞生的快乐。

有一次，女兵在半夜里突然接到电话，要为一个突然死亡的战士扎个花圈（顺便说一句，昆仑山上所有的花圈都由我们来扎，因为女孩与花有缘）。我们说，什么时候死的？电话说，刚刚。我们说，打仗死的？电话说，不是。我们说，睡死的？电话说，也不是。我们说，那还有什么死法呢？是真的死了么？电话说，死得叮叮当，再没有救的。睡着睡着紧急集合，哨子一响，这小伙子一个箭步蹿起，但立即就扑倒在地，死了。

我们为他扎了一个大大的花圈。从此，高原上有了一条不成文的规定：只要没有战争，夜里不搞突袭式的训练。

想在昆仑山上安眠，有一个高枕头是十分必要的。当时战士的囊中羞涩，只有几件换洗衣服裹在白包袱皮里当枕头，垫不到无忧的程度。特别是洗澡之后，干净的穿在身上了，脏的泡在盆里了。空包袱像个扒净了五脏六腑的咸鱼干，晒在床单上，很寂寥的样子。

一天，我对卫生科长说，我想借您那本《实用内科学》看。

科长说，你有这个志气很好。只是你现在最该看的是《卫生员手册》。巴甫洛夫教导我们说，科学应该循序渐进。

我说，敢想敢干。试试吧。

在很长的一段时间里，我枕着《实用内科学》酣眠。我后来成为一名相当不错的内科医生，肯定同这有关。

战士的被子在露天看电影的时候，是要用背包带捆起来，当小凳子坐的，特别易脏。当我决定要洗被子的时候，同屋的战友都佩服我的悲壮。因为我没有大盆，也没有搓板。在小小的脸盆里凭手搓那么大一堆没头没脑的布，时至今日，连我也赞叹那时的英勇。

星期天起了个绝早，先看看太阳，是不是好天。因必得当天洗，当天缝起来，要不夜里就没东西盖了。

我把被套拆下来之后，发现一个大秘密——草绿色的被罩要比白花花的棉絮长出半尺有余，窝着掖在里面。

属猪的女友说，多好的一块布。这不是浪费吗？

我点头，觉她说得极是。

你把它铰下来，补个衣领后屁股蛋什么的，岂不是上好的补丁？她说。

我想想有理，操起家伙就剪。

她说，你不等洗完了晾干再剪？

我说，那么大一坨，怎么洗！剪开了分两段，不是好洗吗？

她一边说着那也不差这一点，一边帮着我把被头连里带面裁下一圈。待到晚上，我把干了的被罩拿回来缝时，才发现大事不好。原来那富余出来的一截布并非无用，是预备被套缩水的。现在被套像件童年的衣服，遮不住棉絮丰满发育的身躯，恰短半尺。

怎么办？我和属猪的女孩面面相觑。

把裁下的那块布再缝上去。有人说。

那还行？我连连摇头。那工程简直能绕地球一圈，对于拙于针线的我，真是可怕的命题。

还有一个办法。属猪的女孩说。

什么办法？我迫不及待地问。

把棉絮也铰下来一块。她说。

在以后漫长的岁月里，我一直盖着比别人短一截的被子，它使我在严寒的冬天（昆仑山其实也没有别的季节）吃尽苦头。但是我从来不说，我怕那个属猪的女孩以为我在埋怨她。

因为被子格外不御寒，我就特别爱晒被子。公平地说，高原的太阳虽然不暖和，但含有丰富的紫外线，有春天的气味。晚上蜷在里面，像扎在麦秸垛里一般惬意。

不过班长不让我老晒被子。她说，你的被子本来就比别人的短，叠起来就不好看。刚晒完的被子，囊得像个面包，哪儿还拍得出横平竖直的线，影响军容风纪。

于是晒被子的日子就成为我奢侈的节日。我会早早地钻进被子，让那个夜晚抻得很长。我会看到阳光毛茸茸地刷着我，白色的蒲公英沾在睫毛上，一只金色的蜜蜂在我耳边飞……

冰川上有毒蛇咝咝声

在高原上，爬山是家常便饭。就像你住在六楼，怎么能不爬楼梯呢？在拉练的日子，攀登更是必备的功课，几乎每天都要爬山。

爬山的实质，是人和地心引力做不懈的斗争。你用自身的体力，挣脱大地对你的控制，使自己向着太阳升去。如果你背的东西比较多，或者比较胖，那就更倒霉了，你不但得付出和别人一样的努力，还得加倍拼搏。因为那些东西和你多长出来的分量，都像秤砣一般拖着你的腿，逼你后退，你必须像扶老携幼的壮士，带着这些重量一道攀上高峰。

爬山的时候，喉咙会一阵阵地发出腥甜的味道，好像有一条流着血的小鱼卡在那里。按说，这很没道理，因为爬山时最辛苦的是手和脚。手要紧紧地扒住裸露的山岩，无论多么尖锐的石缝，为了有稳固的支点，你都必须把手指伸进去，好像在坚硬的墙壁上钉入十根铁条。脚像螃蟹的爪子，要么尽量向两侧伸展，以扩大身体和山石接触的面积，一旦发生下滑，可以最大限度地增加摩擦力；要么利用脚骨的斜面，把它变成没有知觉的木橛子，深深揳入岩缝，就像在巨幅画像下钉两根巨钉，才能保证悬挂着的身体突然坠下时可挽救危局。至于躯干，恨不能生出壁虎似的吸盘，牢牢粘在悬崖上。爬山使人体的各部分紧急动员，所有功能都充分调动起来，肌肉高度紧张，神经分外敏感。此刻的每一瞬间，都执掌着人的生生死死。

说起来，喉咙也很要紧，因为它是气道。爬山需要消耗大量的空气，就像前方在打仗，公路上运输的弹药物品就格外多。要是供不上气，手脚必得瘫痪。偏偏高原上稀少的就是空气，喉咙就得拼命工作，那种甜腥的感觉，一定是喉咙的某条微血管崩裂了，沁出鲜血。

一天，行军路上遇到一座险峻的高峰。尖兵报告说，曲折的冰崖阻住通路，攀登极为困难。领导给我们每人发了一条登山绳，让死死系在腰上。

干什么用的？这绳子看起来还挺结实。小鹿说。

这是结组绳。你们三个人把它系好，就成了一个结绳组。领导指指小鹿、我和河莲。

什么叫结绳组？小鹿还问。

小鹿，你怎么这么笨？结绳组顾名思义，就是用绳子把咱们三个结成了一组。从今后登山时生死与共。要活大家一块儿笑，要死一起成烈士。河莲快人快语。

领导点头不语，看来河莲解释得不错。

那咱们就成了刘关张桃园三结义，恨不同日同时生、但求同日同时死啦！小鹿兴奋得两眼放光。

领导不爱听，说，这只是万一时候的紧急处置措施，不要动不动就说死的事，你们还年轻。

河莲思忖着说，要是小鹿掉下去了，还比较好救。她反正分量轻，一把就拽住了。要是小毕嘛，就有点危险，那么重。她要是万一失脚，只怕一个人会把我们两个都拖入深渊，同归于尽。

我说，不就是因为我的吨位比较大，你们就这么害怕吗？好啦，我好汉做事好汉当，要是出现了可怕的事情，一定不会连累你们。我会自动把结组绳解开，和你们脱钩，一个人滑下去好了。

领导说，不许乱讲。真到了那种时候，更要同心协力，两个人的力量怎么也比一个人强。团结就是力量嘛！

河莲说，我和小鹿这就在腰里装些石头，提高自重，救小毕的时候把握大些。

我说，不定谁救谁呢！

大家说笑了一会儿，一根绳子让我们格外地亲近起来。

拉练已经进行了许久，我们对爬山也司空见惯。因为第一天行军就出现险情，领导调整了女兵背负的重量，让军马代我们驮一些装备。在后面的行军里，我们基本上可以保证不掉队了。我们自觉已是老兵，对山也有些满不在乎起来。

等到那座陡峭的冰峰矗立眼前，我们才知道，自己又一次低估了山的庄严和伟大。

它横空出世，好像盘古开天辟地时丢下的一根冰棍，高耸入云，经过亿万年冰雪的滋润，长得庞大无比，晶莹剔透。人踏在上面，像一只甲虫爬过，不留一丝痕迹。

队伍拉开距离，开始攀登。小鹿在最前面，我居中，河莲殿后。结组绳松弛地连接着我们，像一根保险索。在通常的时候，它并不影响我们的动作，只是无声地跟随着我们，好像听话的小狗。

爬山这件事，在没有出现险情的时候，基本上是你一个人单独挑战大自然。你和大山徒手格斗，每向上前进一尺，都是一个新的回合。你一步一步升高，山就一步一步退却。但山可不是好惹的，嫌你惊扰了它绵延千万年的安静，抽冷子就会给你一点颜色，让你措手不及。要是处置不力，也许就会在瞬息间，以生命作为疏忽的代价。

我仰望山顶，上面有松软的冰雪，看起来离我们很近。我想，顶峰上的雪和别处的雪，一定有很大不同。要不然，它们为什么会落在山顶，而不是在山腰呢？就像深海和浅海的鱼是不一样的，高山上的雪更神秘。我一定要尝尝山顶上的雪。

我们爬啊爬，谁也不说话。不是不想说，是不能说。因为一说话，分散注意力，容易发生意外。还有一个原因，雪像音乐厅里特制的墙壁一样，有很好的吸音效果，让你的声音像蒙在棉絮里呻吟一样，传不远，说起来很吃力。但是冰多的地方，又当别论。平滑的冰是音响良好的反射体，相当于大理石板，会使你的声音发出清澈的回音。我们此刻能发出的最大声音，是不停的喘息声。

爬啊爬，距离山顶好像只有五十米的距离了。我们费尽千辛万苦爬过这段距离，发现山顶还骄傲地耸立在五十米之外，漠然地俯视着我们。高原上稀薄的空气发生折射，使距离感变得虚无缥缈，引人错觉。我们并不懊丧，只是坚忍地向前，向上……爬山很能锻炼人的耐力，在攀登的队伍中，你像一支射出的箭，只能一往无前地努力挺进，绝无后退的可能。

我看见有一些鲜红色的小珠子，从我的嘴边滚落。我知道那是我把嘴唇咬破了，鲜血流了出来，马上又被严寒冻成固体。我一直不由自主地咬着嘴唇，好像那样就可以使自己积聚力量，保持高度的警觉，提高对付突然危险的能力。

在攀登中，人的思想变得很单一，就是抓牢山岩，不要被山甩下来。这样爬得久了，容易想别的事情。我想，祖先创造“爬”这个字，真是英明。它原本一定是预备形容野兽用的，爪和巴，表示所有的爪子，都紧紧地巴在地上，才能完成这个动作。我想，我的二十根脚趾和手指，都是大功臣。假如没有它们劳苦功高地揪住山的毫毛，我一定像块圆圆的鹅卵石，叽里咕噜地滚到山涧里去了……

在我们就要到达山顶之前，我突然听到一种奇怪已极的“咝咝”声，好像毒蛇的舌头在搅拌空气。当然，这是绝不可能的，阿里高原因为酷寒，是没有蛇的。就算有蛇，也绝不可能在冰天雪地里生存。恐怖的声音到底来自何方？没容我思索，腰间仿佛挨了致命的一击，猛地抽紧，勒得我喘不过气，一股螺旋般的下坠力量，像龙卷风一样吸住了我，裹着我迅猛地向山底滑去。

我在极端的恐惧中明白了——那毒蛇般的声音，是结组绳快速收紧、摩擦冰面的响声。河莲遇到了巨大的危险，正在滑向深渊。随即我看到小鹿在我的上方，也被绳揪动，开始了危险的下滑。

这就是结组绳的力量。它把我们三个联成一个统一的生死与共的集体。要么共赴深渊，要么同挽狂澜。

稳住！一定要稳住！我听见河莲在喊，小鹿在喊，我也在喊……其实，那一瞬什么声音也没有，只是我们生命的本能在发出共鸣。我们被惯性拖着向下滑，就像坐滑梯，越到后面力量越大。当务之急是拦住我们的身体，阻止致命的下滑。

我们每个人都像八脚章鱼一般，拼命扩大自己与山体接触的面积，以增加摩擦力。见到任何一条岩缝，都毫不犹豫地把手脚插进去，鲜血直流却毫无知觉。脚蹬掉一块又一块石头和冰块，听它们发出震耳欲聋的轰鸣声。七手八脚飞快地做着霹雳舞中类似擦窗户的动作，由于极度奋力，动作扭曲得可怕。我们甚至把脸也紧紧地贴在冰面上，利用凸起的鼻子和眉毛，使身体滑动的速度减慢……

终于，恐怖悲惨的下滑停止了。河莲被一块冰凌阻挡在半山，我们从死神手里赢回了关键的一局。

我们彼此看了看，脸色都像铁一般，冰冷坚硬。擦破的地方并没有鲜血流出，它们被冻住了，成了淡红色的冰。哈！我们还活着！这是多么值得庆贺的事情啊！我们揉揉脸上冻僵的肌肉，彼此做个鬼脸。我抖了一下结组绳，沾满冰凌的绳子发出嘣嘣的声响，好像一根巨大的琴弦，也在为我们高兴地叹息。

剩下的事，就是继续攀登。经历了一次生与死的模拟演习，我们更小心地珍惜生的权利。

爬啊爬……我几乎已经不去想顶峰的事了，只是机械地爬……突然，眼前一亮。整整几个小时，我的眼帘里除了冰雪还是冰雪，我们已经忘记了世界上还有其他的颜色。一片极大的蔚蓝色，像大鸟的羽毛，无声地将我覆盖。阳光温暖地抚摸着我的额头，把一种让人流泪的关怀，从九天之上无边无际地倾倒下来。

啊，顶峰到了！

顶峰是很小的一块地方，眼前一片凄凉的空寂，什么也没有。不，不对，这里有太阳和风。太阳在比你更高的地方，孤单地悬挂着，等着你来做伴。风几乎是和你一般高矮，掠着你的肩膀和头发飞过，好像要把你征服山的消息带到远方。我捏了一小撮儿雪，没敢取太多。我想山顶上的雪，必有一种神圣的魔力，我应该给其他登上山顶的人留一些。伸出舌头舔了一下，遗憾得很，山顶的雪和别的地方的雪，味道是一样的。如果一定要找出它有什么不同，那就是有一点咸、有一点甜，那是我咽喉的血混到里面了。

我站在山顶的时候，小鹿在下山的路上，河莲在上山的路上，结组绳像金字塔的两条边长，山顶暂时成为它的制高点。我轻轻抽了抽绳子，她们都感觉到了，给了我一个回应。

我感觉到这是我们的生命之绳。山是不能征服的，我们爬上了山，我们又迅速地离开了山。我们只是山的匆匆过客。

当我们还不曾来到这个世界的时候，山就存在了。在我们已经不存在的将来，山依然存在。和山相比，我们是那样渺小，可人也是很伟大的，以我们渺小的身躯，由于努力和团结，我们终于也有一瞬，站得比山更高，群山匍匐在我们脚下。

我又向四周张望了一下，然后下山。不知为什么，登上山以后，人很容易感到心里空荡荡的，好像把一种很宝贵的东西安放在雪山之巅了。

我们默默地下着山，不断地对付着险情。俗话说，上山容易下山难。上山的时候，容易避开危险。下山则不然，脚心也没长眼睛，一不小心就出问题，有几次我失足下滑，要不是结组绳帮助，也许就会像在幼儿园滑滑梯一样，一直滑到雪山的肚子里，再也不见天日。

下了山，重新回到坚实的土地上，我们把结组绳解开，回头仰望高山，几乎不相信我们用自己的双脚，把它一尺尺量过。但结组绳上的冰雪可以作证，我们以集体的力量，曾经到达过怎样的高度。

八月里穿棉衣

阿里的军人照相，只有等待一个机会，就是高原服务队上山的日子。山下的人们会在高原最温和的季节，临时组织起一支慰问的队伍。十几个人，文武都有。文的指的是文工团员带来几个小节目，边防哨卡巡回演出。武的是一部浑身散发热气的洗澡车，它呼哧呼哧开到哪儿，汲水烧锅，那里的人就可以洗上一次热水澡。但是，看节目的时候虽然开心，节目看完，也就忘了。洗澡当时舒服，过一段时间，身上又脏起来。最受人欢迎的，还要数服务队的摄影师。

摄影师通常是两个男人，一个老一个年轻。不知人员配备时出于何种考虑，大概是想老摄影师有经验，但是身体可能顶不住，年轻人可以扛机器，多干点力气活，有取长补短、前赴后继的意思。

一天，果平对我说，高原工作队上山来了，里头有一位老资格的摄影师，助手是个机灵的小伙子。

我说，情报这么准，是不是已经偷着去照了一张？

果平大叫冤枉，说摄影师一天只能照五十个人，每人只限两张。大家得排着队来，轮到谁会通知，别的人一律原地待命。

我说，那我们这拨儿排在何时？

果平丧气地说，据我所知，大约是三个月后。

我灰心丧气地说，那么久！我都成老太太了。

可是有什么法子呢！等着吧。在那以后的日子里，你要是看到哪个人一边走，一边偷着看什么，不时地捂着嘴乐，一见别人注意他，马上若无其事一本正经起来，飞快地把什么东西藏进兜里……不用猜，他一定是刚从摄影师那里，取回了自己的照片。

我们掐着手指头，计算着轮到我们留影的日子。不料传来的都是坏消息，先是摄影师每天拍摄的人数不断减少，好像一支行动迟缓、作风稀拉的队伍，在玩“增兵减灶”的游戏。摄影师刚开始解释，说是为了保障每人的形象都笑容可掬，照得不好的，比如愁眉苦脸、眨了眼成了瞎子的等，都要返工，所以耽误了时间。大家刚开始还谅解他们，但后来进度越来越慢，简直像磨洋工，每天只能照十几个人，有些人照得很丑，也并不返工。人们开始愤愤不已，但又敢怒不敢言。生怕谁打了小报告，把说坏话的你告诉了摄影师，他们怀恨在心，轮到你照相的时候，随便一个动作，就把你照成丑八怪。这样的照片，你不要吧，过了这个村，就没这个店。要吧，万里迢迢地寄回家，你妈一看你这么不成嘴脸，准得吓一大跳，心里不好受，多不划算啊。出于这种考虑，人们暗地里埋怨，当面见了摄影师，又是主动打招呼，问寒问暖，再亲切不过了。

最坏的消息传来了，摄影师无法适应山上的恶劣气候，得了很重的高原病，改变计划，再过两天就要下山返回平原了。

简直是晴天霹雳。（注意啊，这只是一个形容词，因为高原只下雪，不下雨，所以，是没有霹雳这种雷电现象的。）

怎么办？果平问我。

还能有什么办法？等着服务队明年重来吧。我无可奈何地说。

再想想嘛！果平不屈不挠。

我说，除非你绑架摄影师，用手枪逼着他给你单独摄影。

你这个办法好极了！果平一蹦老高，然后又赶紧蹲在地上抚着胸口喘气。要知道，高原上任何突如其来的动作，都相当于百米赛跑和徒手格斗。

我说，什么办法？绑架还是手枪？

果平说，不是绑架，是单独拜访。我们为什么不可以登门找找摄影师，哀求他坚持站好最后一班岗，为我们留个影？

我说，好啊，不妨一试。咱们快叫上大伙儿，一起去。

果平说，不可。你以为这是打狼啊？一窝蜂，那么多人，还不得把摄影师的心脏病吓成心力衰竭？要是一两个人要照，还能咬咬牙，这么大一群，除了断然拒绝，把你们赶走，谁也没法发慈悲。

我说，咱俩吃独食，总有点于心不忍。

果平一打我的手说，看你还当了真！谁知成不成事？没准儿白跑一趟，落个话把儿，还不够大伙笑话咱的。单独行动，到时见机行事。行则成，不成也不丢人。

于是，我们背着大伙儿，开始了秘密行动。第一步是打听到摄影师的住址。这不难办，他们也不是什么国家首脑，住所不保密。我就把写着招待所门牌号码的字条，交到果平手里。

事不宜迟，咱们明天早上就去。果平说。

为什么一定要早上？晚上不是更从容些？我不解。

晚上人一般比较累，心情不好。大清早精神饱满，是求人的好时机。你看见过一大早就气哼哼的人吗？果平解释。

我说，早上心情好？那可不一定。要是正巧做了噩梦呢？

果平说，不跟你抬杠。记住了，明早行动。

第二天，我们黎明即起，赶往招待所。开门的是个小伙子，想必是那个较为年富力强的摄影师了。原以为我们会看到一张经过睡眠容光焕发的脸，没想到，他的眼圈像扣了两个蓝墨水瓶盖，眼白像一张满布飞机航线的地图，都是红丝。至于有经验的摄影师，根本就没露面，不知躲在哪里。

干什么？年富力强堵着门口问。

我们……想请你……一看他怒气冲冲的模样，我不知该怎样开口。

我们是卫生员，听说你们身体不好，特地来看望。果平伶牙俐齿地接过话头说。

年富力强脸色好看些了，说，既是看望，那就感谢了。只是屋里有些不方便，我们还好，放心就是。说完露出送客的模样。

我想摄影师们一定是刚起床，没叠被子，怕别人看到狼狈样。心想要是不让进屋，其他的话就不好提。就说，我们也不是检查卫生的，请别紧张。

年富力强有气无力地说，我要是能紧张起来就好了，现在是疲惫不堪。

果平说，一大早刚起来就疲惫，是不是太娇气了？

年富力强反问，谁刚起来？

果平更正道，难道说你们半夜就起来了吗？

年富力强说，我还没有睡呢！

我们说，不信。你一夜不睡觉，干什么啦？

年富力强说，既然你们不相信人，我就请你们参观参观。说着，侧着身子，请我们进屋。

屋里的混乱程度，超出了我们最大胆的想象。到处都是水盆，里面泡着一张张白色的相纸，纸上不同的风景和人物，在药水里起伏着、重叠着。色泽深浅不同的人脸，好像扁扁的黑蝌蚪，懒洋洋地仰着脸，好像在晒太阳。

我俩齐声问，这是怎么回事？

年富力强没好气地说，这就是在干你们想干的事啊。

我们说，不懂不懂。我们想干什么事呢？

年富力强说，照相啊。你们以为相片就是那么"咔嗒"一捏，就出来人影了？后面的事麻烦着呢！我们白天照相，晚上冲洗，连轴转，这么干活，平原上都受不了，别说是在连鹰都飞不上来的高原。要是不得高原病，那才叫天理不容呢！所以啊，病了是好事，我们就可以名正言顺地下山了。现在我们手里就剩下这点活儿了，抓紧冲洗出来，就能回到山下把氧气吃个饱了！

他这番话虽是气哼哼地说出来，细想想，也有理。看来我们的计策没等实施，就破产了。得，打道回府吧。我向果平使眼色——撤吧。

果平假装看不见，对年富力强说，我真同情你们，可惜你这顿牢骚话，应该对他们说。

他们是谁？年富力强问。

果平随手一指水盆里的人脸说，罪魁祸首在那儿。是他们害得你们这么辛苦。

年富力强又不乐意了，说，你这个小姑娘嘴这么损。大家都有父母，家里都惦记着，想看看照片也是人之常情。

果平一乐说，接受你的批评。问你一个问题，你说，家里人是更惦记男孩还是女孩？

年富力强不假思索地说，当然是女孩了。女孩麻烦事多，男孩总归要好些。

果平说，对啊，所以，你该优待我们才是。

年富力强明白自己陷入了果平的伏击圈，半晌没作声。正在这时，门开了，一个胡子拉碴的半老头走进来，从他一眼扫过药水盆子的犀利目光，我们明白，经验丰富的老摄影师来了。

还顺利吗？老摄影师咳嗽着问。

还好。只是去海拔最高的边防站照的相片，因为气候实在太差，风雪来临前抢拍的那些张，曝光量明显不足，底片经过处理，还是不行，人影模糊……年富力强汇报。

这可如何是好？老摄影师非常不安。

把钱退给他们。算我们白辛苦了。年富力强说。

老摄影师说，是我们失职，太对不起他们。这样吧，让没照好的人从边防站下来，我们补照。

年富力强说，恐怕不成。照坏了的不是少数，要是都从边防站撤下来，国境线上就没人站岗了。

老摄影师说，既是这样，只有一个办法，我们再上一次最高的哨所。

年富力强说，您的身体已经这样虚弱了，再上去，危险太大。

果平立即插嘴说，我们可以给你们保健，你的心脏要是跳不动，我们给你按摩。呼吸要是困难了，立刻给你吸氧。

老摄影师这才发现我们，说，你们是谁？

果平说，是两个没照上相的女卫生员。

年富力强说，你是想用这种方式感动我们，好给你照相吧？

果平说，是你们感动了我们。为了给高原战士照相，自己差点要被照了遗像。

我刚想说，果平你这个乌鸦嘴，没想到老摄影师笑起来，牙齿在黑胡子楂儿里闪烁，说，你这姑娘说得不对，摄影师要是以身殉职了，还真没人给他摄遗像，如同理发师不会给自己理发。

果平想想也是，不好意思地笑起来。

老摄影师对我们说，走吧。又对年富力强说，把摄影包给我。

我们只好走出屋门，老摄影师跟在后面。我说，您身体不好别客气，不必送了。

老摄影师说，我不是送你们，是去工作。

我们就一齐默默地往外走。这是高原上一个很晴朗的上午，无遮无拦的紫外线像巨大的光伞，从高远的天际倾泻下来，晒在脸上，感觉不到暖和，但是很刺痛。远处的冰山像正在休息的白骆驼，不规则地趴着，白云在它的脚下浮动，好像脱落下的片片驼绒。

好。停。就这儿。老摄影师命令说。

我和果平继续往前走。跟着老摄影师的年富力强说，你们这两个女兵，怎么不听招呼？

我们愣了，说，谁知说谁呢？

年富力强说，谁想照相就是说谁呢。

我们大喜过望，说，真想不到，摄影师带病坚持工作。

年富力强说，你没看老师傅要亲自给你们照相？他的技术比我高明多了。要是男兵，我就动手。因为你们是女娃子，刚才不说了吗，女孩比男孩重要。

我们很感激，又不知如何表达，只有乖乖地听老摄影师调遣。

果平本想以险峻的雪山为背景，照一张雄赳赳气昂昂的照片。老摄影师说，不可。你们的父母听说孩子到了高山上，一定担心不已。如果看到背景这么荒凉寒冷，心里一定不是滋味。你寄照片回家，原本是想让家长放心，这么着，他们就更不放心了。

果平不知所措地说，那以什么为背景呢？在阿里高原，要找一处没有雪山的背景，几乎是不可能的。

但我们可以让荒凉的感觉尽量淡薄一些啊。老摄影师领着我们往前走。在狮泉河旁像眉毛一般短的道路上找了半天，停在一块标语牌前。这地方怎么样？老摄影师的语气很有点沾沾自喜，好像发现了一个宝石矿。

不怎么样。像人民公社的大队部。果平撇撇嘴。

在这穷乡僻壤，能有个像大队部的风景，就很不错了。别的地方照出来，简直像在土星上。年富力强说。

虽然我也很讨厌毫无情趣的标语牌子，可是想到妈妈假如看到我站在崇山峻岭中的留影，显得那么渺小孤单，一定忧心忡忡，便同意了老摄影师的选择。

摄影师选好角度，支稳机器，指挥着我们摆好姿势。刚要照，果平突然说，慢着，等我一会儿好吗？说完不等别人表态，撒腿就跑。

干什么去？大家问。

我得换身衣服。果平回答。

我用挑剔的目光审查了果平一番，没什么不妥的地方啊，衣服干干净净，脸上也没污点。就说，你像刚消毒完的注射器，清洁极了。

果平说，建议你也换换衣服。现在是几月？八月。我们身上穿的是什么？全套的棉袄棉裤，窝囊得像北极熊。这种相片寄回家，我妈掐指一算，什么鬼地方，夏天还会下雪啊？我在信里给我妈描述得这好那好，都会露了馅。所以，我得换套单衣，显得精干些。

果平的理由很有说服力，我也想去换衣服了。可老摄影师说，你们是要脸还是要命？这么冷的天，穿着棉衣脚都冻得慌，换单衣，亏你们想得出。只怕照片还没洗出来，你们就躺在床上发烧了。你们并不知道老人的心，以为编一套瞎话，他们就信了？才不是呢！他们会拿着你们的信，反复揣摩，从信瓤看到信封，从邮票看到邮戳，从时间推算路程，心会提到嗓子眼。再说，我选景就是再小心，也避不开远处的雪山，总得进到镜头里一星半点，老人是一定会发现的。要是看到你在雪山下面还穿着单衣，认定你不会安顿自己，照顾自己，心就缩成一个硬疙瘩。你寄回照片本来是为了让他安心，结果他更担心。倒还不如穿着棉袄，家里人会想，噢，那里可真冷。不过，孩子知道自己心疼自己……心里反倒安宁些。

我和果平再无话可说，按照部署，各照了一张全身、一张半身的照片。

谢谢。我们向年轻和年老的两位摄影师表示衷心的谢意。

不必言谢，并不一定成功。万一照坏了，我会通知你们补照的。老摄影师虚弱地说。看来，刚才这一番折腾，耗尽了他的力气。

果平说，如果成功了，我们什么时候能看到照片呢？

那就不一定了。我们还要到边防站去，还有许多照片要洗印。不过，请放心，我们会尽快把相片给你们，让你们的爸爸妈妈看到你们的新样子。年富力强说。

我和果平，在以后的日子里，怀揣着最美好的想象等待着。我们不敢到招待所去，怕摄影师以为我们催他。他们实在太忙了，我们不忍心再添麻烦。

有一天，别人带给我们一个纸包，打开一看，正是我和果平的照片。在那块标语牌做背景的照片上，我和果平穿着鼓鼓囊囊的棉衣棉裤，笑得都很开心。

他们呢？我们问。

你们说的是谁？带给我们纸包的人问。

就是一老一少的摄影师啊。

他们后来又到最高的边防站给战士们照相。加上以前照了没洗出来的活儿，工作量很大。他们连轴转，把所有的照片洗出来，装到袋子里，都写好了名字……后来，他们累得晕倒了，被紧急送回山下。现在，我们按照他们留下的记录，把纸袋里的照片一一分送给大家。来人说。

我和果平什么也说不出来，只是朝山下的方向望着。但愿一老一少的摄影师，在充足的氧气里恢复健康。

第二辑

乘降落伞的西瓜

乘降落伞的西瓜

从平原到西藏高原，要坐六天的汽车。蔬菜水果都是很娇气的，哪里顶得住这样的颠簸？更不消说一路上雪花飘飘，气温在零摄氏度以下，再好的叶绿素也成冰激凌了。

但是，平原上的人还是挺关心高原上的人的，每年八九月山下最热的时候，总要装上几卡车蔬菜，每车配备两个司机，昼夜兼程，把六天的旅程压缩成三天，赶上山来，想让吃了一年干菜和罐头的高原人享个口福。

但再新鲜的蔬菜，经过几千公里的折磨，也面目全非了。茄子皱得像核桃，蒜苗黄得像京剧里奸臣的胡须，只有青椒还绿着，但绿得十分可疑，用手指轻轻一弹，皮就噗的一声破了，流出一包绿汪汪的清水，原来它早已冻烂了。

有一次，运菜的车遇上了暴风雪。昆仑山是喜怒无常的，就是在最温暖的季节也会骤然翻脸，降下鸡蛋大的冰雹。菜车像破冰船似的抵达高原，通知大家去卸车。

到了车跟前，吓了我们一大跳：这哪里是车，简直就是一座移动的小雪山。

扒开篷布上厚厚的积雪，露出一个个装菜的纸箱。押车的人抱起一个箱子，砰地丢下车，咚的一声巨响，好像摔下来一箱炮弹。

“你轻一点儿好不好？”我们一齐冲他嚷。要知道，在高原上，蔬菜像黄金一样贵重，哪里容得他这般粗暴蹂躏！

“砸得再重些也不碍事。”押车员大大咧咧地说。

我们愤愤不平地打开箱子一看，才发现他说的是实情。这一箱里面装的是黄瓜，每一根都翠绿挺拔，像警棍一般笔直，用手一碰，发出清脆的玻璃器皿之声，好像翡翠雕成的工艺品。

又打开一箱，是西红柿。每一颗果实都红润闪光，好像红玛瑙。手指稍不留意碰破了西红柿的皮，流出的不是红汁，而是橙色的冰晶。

再打开一箱，是豆角。平日熟识的豆角显出一副陌生的模样，居然塑料似的半透明。透过朦胧的豆荚，依稀看到乳白色薄而软的豆粒，好像一只只惊讶的眼睛。

严寒使所有的蔬菜都改变了风味，吃到嘴里，都是雪花的味道。

这种运输的艰难情况，几年后得到了一点改善。有一年快过春节的时候，接到通知，飞机将给我们空投报纸和蔬菜；还有一年降落伞运载的是西瓜。

空投的日子到了，我们都眼巴巴地望着天空。冬天吃西瓜，就是在平原，也是很奢侈的事情。我们已经快忘了西瓜的滋味了，这是多么快活开心的节日！西瓜一落地就得马上收藏起来，千万不能在雪地里裸露时间太长了。要知道，当时的气温是零下几十摄氏度，要是把西瓜冻僵就糟了。

飞机来了，因为周围都是狰狞的山峰，飞机不敢低飞就开始空投了。一朵朵洁白的降落伞像鸽群一般在高天浮动。

天气很晴朗，但仍有看不见的气流在天穹穿行。突然有一只降落伞脱离了队伍，向远处的山谷翩翩飞去。

其他的降落伞都乖乖地落了地，久候的人们扑过去，迫不及待地打开伞下坠着的麻袋。打开一袋是报纸，打开另一袋是蔬菜，再打开一袋又是报纸……就是不见西瓜。

赶快同飞机上联系，问是不是忘投西瓜了？

飞机上回答，乘降落伞的西瓜，千真万确地空投下来了。

完了！人们仰天长叹：那个飘往雪原深处的降落伞，装载的就是高原人望眼欲穿的西瓜啊！

大会餐

山上的军人会餐，像苹果树的大年小年，规模不同。具体的标准，有的和老百姓规矩一样，比如元旦算是个小节，春节就是大节。有的是自己约定俗成，比如“八一”建军节，就是一个比春节还隆重的盛大节日。

军队的节日，不在乎放多少天假。越是放假，越要准备打仗，比平时还忙活。再说，巡逻值勤站岗放哨的事，并不会因为放假而有一丝一毫懈怠。要是在平原当兵的话，还可以利用放假的机会，在街上逛逛公园遛遛马路，看看新盖的房子和鲜艳的花，总之，是瞧一些和军营景致不同的风光，让眼睛也从一片草绿色中脱离出来，休息片刻。可惜在高原上，这些都是奢侈的梦想。到处是冰雪世界，不愿看绿色你就看白色好了，只不过要小心啊，看多了会得雪盲。至于上街，更是没影的事了，高原方圆千里没有街，你不可能到一个不存在的地方去。

说起来惭愧，对于年轻的士兵来说，过节最主要的项目就是会餐。会餐最快乐的功能，就是吃一些平时吃不到的东西。对于枯燥苍凉的高原生活来说，会餐是胃和嘴巴的狂欢。

为什么春节没有“八一”盛大呢？关键是季节和气候。高原从今年的十月开始封山，一直到明年的五月才解冻，一年的日子有一多半埋在雪里。位于二月的春节，简直是寒冷的最高峰。大雪封山前抢运的干菜，临近春节时基本上弹尽粮绝，人们开始天天和罐头、榨菜打交道。“八一”就完全不同了，山下正是瓜果飘香的秋天，汽车兵们昼夜兼程跑运输，山上仓库满满当当，正是物资极大丰富的季节。要是车子有空隙，也许会带上一点绿色蔬菜。如果运输兵特别高兴的话，没准儿还有一两个半青不黄的哈密瓜，塞在驾驶楼里，越过雪线，公主一般地抵达高原。

比起来，春节是一块贫瘠的生荒地，“八一”就是富饶的江南平原了。

过节之前，先由炊事班订出菜谱，用复写纸复写了，印发到各小部门讨论，有什么意见，提出来汇总。要是某一道菜遭到多数人的强烈抵制，就取消它的入餐资格，用一道新的菜代替。如果只是少数人反对，对不起了，您就服从多数吧。

一般说来，“八一”的食谱好安排，因为物产丰富，随便就能对付出几个好菜来。特别是若有青菜，一个凉拌小红萝卜，就胜过山珍海味。要是有个炒虎皮尖椒什么的，简直就是龙肝凤髓了。春节的食谱，那是老大难，除了初一的饺子，无论什么馅的也得塞下肚子，图的是个吉利以外，剩下的食谱就大费周折了。

炊事班长特爱订食谱，那是他最风光的日子，所有的人都像陀螺似的围着他转，连声问，这回过节，吃什么呀？

他定的食谱千篇一律，净是大鱼大肉，腻死人。果平说，要是我没得健忘症的话，前年咱们就是吃这几道菜，去年也是，没想到，今年这些菜像大雁一样，又飞回来了。

小如说，要想不吃这种老掉牙的菜，只有一个办法。

我们忙着问，什么办法？

小如说，把炊事班长提拔成排长，让他率兵打仗去，咱就可以一劳永逸地不吃这饭了。

河莲说，你以为你是谁？司令员吗？想让谁当官谁就当了？办法好是好，就是咱说了不算，远水解不了近渴。

小鹿说，我有个办法，立等可取，马上见效。

我们说她吹牛，小鹿说，你们等着瞧吧，不到中午，你们就会听到有关春节会餐的最新消息。

当时是早上。早上的人心情好，大家根本不相信，一笑了之。到了接近中午时分，果然听到了令人震惊的消息，炊事班罢工了。我们赶紧打听怎么回事？原来是小鹿跑到领导那儿告状，说班长做的菜永远是一个口味，叫人越吃越灰心丧气，直想家。今年春节，坚决不吃班长主持下的饭菜了，强烈要求重打鼓另开张。领导并没有同意小鹿的意见，但不知谁嘴快，把话传给了火头军，他们立刻半是悲愤半是快活地表示，今年春节集体放假，勺把子交出来，请大家自我服务。

我们这才想到，年年过节只知抱怨菜谱重复，竟没有想到炊事班也需休息。领导见势，干脆来了个顺水推舟，说是本年春节的晚饭，充分发扬民主，以班为单位，自拟食谱，自己动手。会餐时各显其能，摆到桌面上来，互通有无，交换着吃。炊事班做好物资保障，要米给米，要面给面，要猪油给猪油，要清油给清油。

这下我们傻了眼，不知用什么填饱自己节日的肚子。河莲抱怨道，小鹿啊小鹿，我们只说让你反映一下情况，你倒好，干脆让我们自力更生了。

小鹿说，你们只说是不爱吃班长做的饭，我不是让大家达到目的了吗？

果平说，可是我们初一晚上吃什么呢？你也不是一只真鹿，要不，倒是可以做鹿脯吃。

小如说，别说那些没油没盐的话了，咱们平时不是总叫着想吃点可口的饭吗？现在机会来了，多好！我就想吃葱花饼，你们同意不？

她这么一说，我们好像立刻闻到了香喷喷的葱花味，口水溢满了牙缝，高声叫道——好啊！好啊！葱花饼！

河莲咂了一下嘴说，想得美！哪里有葱呢？

是啊，原料这一关把大家卡住了。每年秋天山下都往山上运大葱，但这种植物有个奇怪的习气——不怕冻，就怕动。这话说起来有些拗口，其实就是大葱一遇寒，就冻得硬邦邦，像一捆冰棒。这倒没什么可怕，只要别动它，安安稳稳可存放很长时间。要是一搬动它，就像骨折了的伤员，化脓流水，用不了多久就腐烂了。从山下到山上，绵延数千公里的颠簸，就是无休止的翻动，运上来的大葱保存不了几天，就不能吃了。到了春节时分，大葱已是一个值得留恋的遥远名词。

小如是坚定的葱花饼派，想了想说，没有大葱，我们就用洋葱代替。

洋葱脱水菜，库里倒是有几大麻袋。大家想，洋葱饼谁也没吃过，没准儿辣得鼻涕一把泪一把，但不妨一试，由此创个高原新食谱，流传下去也说不定。刚高兴起来，河莲又阴阳怪气地说，有烙饼用的家伙吗？饼铛或是鏊子？

我们大眼瞪小眼。到哪里去找这么专门的炊具？小如小声说，可以用炒菜锅代替，坡锅底能凑合。

河莲耸着鼻子说，那锅底才多大丁点地方？只能烙一个墨水瓶盖大小的饼。

小如不高兴，说，你说得也太邪乎了，怎么也可烙一个口罩大小的饼。

河莲说，就算能烙个帽子那么大的饼，够谁吃？这么些人要吃饱，你得从下午烙到上小夜班！

小如说，那就慢慢烙呗。不过，她底气比较弱，这工程量够浩大的。

我说，就是你乐意为大伙儿服务，怕也不成。因为你占着锅，别的班的人怎么炒菜呢？

葱花饼就这样悲惨地夭折了。一直没搭话的果平说，我倒有一个想法，这东西是咱们上山这几年从未吃过又非常想吃，除了自己做又绝没人肯做给咱吃的食品……

河莲说，我现在最想吃的就是凉拌你的舌头，绕的弯太多了。有什么，快直说。

果平说，棒子面粥！

啊！啊！我们欢呼起来。

为了照顾边防部队，供应高原的都是细粮。大米白面吃多了，戍边官兵强烈地要求吃粗粮，想喝真正的棒子面粥。把有着浓浓的青草和太阳味的马牙状玉米粒，磨成面，加了碱，泡入开水，在小火上文文地熬，让粥汤像压抑的火山岩浆，不出声地翻滚着，在粥面形成一个个涡轮状的圆环，一直保持沸腾，直到凝成黄金一般的冻儿。盛到碗里，喝一口，像大地橙色的乳汁。

可是我们没有棒子面啊！马上又是致命的原料问题。官兵们反映了多次，希望能供应一些粗粮，但山下的机关毫不理会，依旧把无穷的关怀化作细粮，前赴后继地拉上山。

我知道一个地方有上好的棒子面。果平神秘地说。

在哪里？

在军马所。果平像把一个重大的机密吐露出来。

军马所里有几十匹矫健的烈马，每匹马都像战士一样有档案，有专门的粮草供应，管理很严格。

我们说，果平，你的意思……是，当然，不是……是吗？我们不好意思把自己的猜测说出来。

果平说，你们猜得一点也不差，我的意思就是吃马料！

我们虽已想到马料这件事，但听人正儿八经地说出来，还是吓一跳。堂堂的共和国女军人，吃马料，合适吗？

那有什么了不起的？你知道山上第一个吃马料的是谁？果平说。

是谁？是谁？我们很好奇。

是司令员！果平郑重宣布。

我们说，瞎说瞎说！

果平小声说，我这是听司令员的警卫员说的，一级国家机密，千真万确！警卫员的腰扭了，我用银针，在他的手腕上扎了个新学的“扭腰穴”，他顿时行走如飞，为了感谢我，他把这个秘密告诉了我。

河莲鄙夷道，这样的警卫员，不说枪崩了，至少也该关半年禁闭！幸好只是一个扭腰，要是得了红白痢疾被你治好了，还不得把整个防区要塞图偷来给你！

果平说，反正我也不是特务。再说，就是偷给我，我也看不懂、记不住。

小如说，别吵了，还是商量咱的食谱吧。马料好是好，但司令员要了会给，换了咱们就不一定了。要是马料搞不到手，咱们吃什么？

河莲又火起来，说，一个马料，也不是人参，有什么不给的？要是真想吃，你们看我的，要多少有多少！准备麻袋吧。

大家就哄她，说，河莲，那些管马的弼马温厉害着呢！军马都是有口粮的，你要吃马料，就是克扣军饷。

河莲听大家这么一说，心里也有点打鼓，就说，那小毕和我一起去吧。

我说，我愿吃馒头，不愿与马争食。

大家说，那不成，当班长的，就得为了大家谋福利。

我只得和河莲一道向军马所走去。绕过一座独立的小山冈，马厩就在眼前。盖得很讲究，好像一排排宽敞的旅社。各种颜色的军马正在悠闲地吃草，藏在长长睫毛下的大眼睛看到来了生人，都暂时停止了咀嚼，安静地注视着我们。我捅捅河莲说，待会儿，咱们可怎么说呀?

河莲说，不知道。

我气起来，说，既然你不知道，刚才逞什么能?把我也拉来出丑。

河莲说，这会儿不知道，不见得再过一会儿也不知道。车到山前必有路。

正说着，军马所所长走出来，说，哈哈，哪股风把人医给吹过来了?一般来说，到我们这里来的应该是兽医。他说着，介绍了自己的姓名，又说，一般人总记不住我的姓，都叫我马所长。

河莲说，马所长，有一件很重要的事情，要向您调查一下。您看，我们班长也一块儿来了，问题很严重啊。

我不知河莲闹什么名堂，只好顺势做出很沉痛的样子，皱皱眉，点点头。

马所长不吃这一套，说，你们有什么事就直说吧，我想不通有什么要紧的事，你们科长不来找我，打发两个姑娘来。

河莲说，马所长，您说得不错，我们和您的级别不对等，但我并不是要调您的军马使用，而是调查一件同最高司令官有关的事。

马所长态度显著认真起来，仍有保留地说，和司令员有关的事，应该是参谋长来啊。

河莲说，我把刚才的话补充一下，这事和司令员的身体有关，所以，就是卫生员来了。

马所长开始以平等的态度对待我们，忙问，司令员的身体怎么了？

河莲说，马所长，我们毕班长是干什么的，你知道吧？

马所长说，她是化验员，我知道。

河莲又对我说，那你就把司令员的化验结果，告诉马所长一下吧。

我的天！河莲这是玩的什么把戏？司令员最少有一年时间没到卫生科看过病了，我哪里知道司令员有什么化验结果！我便对河莲眨着眼说，真糊涂！这是可以随便说的事吗？你知道，最高长官的身体状况如何，一直是列入绝密等级的军事情报。你要逼我犯错误吗？

河莲做出不以为然的样子说，马所长也不是外人，是某一方面的最高指挥官啊。

我不解道，哪方面？

河莲说，马所长也是司令，是马司令啊。

大家就都笑起来，气氛融洽起来。河莲凑到马所长耳边说，事情是这样的，司令员最近开始闹肚子，很奇怪的一种腹泻。军医们进行了重重检查，就是找不到原因。您知道，病从口入是一句真理。大家吃的都是一样的饭，怎么就只有司令员不舒服？后来经过反复调查才知道，司令员喝了用你们的马料熬的棒子面粥……有人怀疑是下毒……

河莲把这番话讲得滴水不漏，到了关键时刻，特别留出足够的时间空白，让马所长反思。

马所长的脸开始灰暗，吃力地说，咳咳……那事……是警卫员来说，司令员最喜欢吃乡土味道的饭了，我们就给了他一点……要知道，马一直是吃这种料的，一点事都没有……

河莲耷拉着嘴唇说，你能把司令员比马吗？马吃了没事，司令员吃了就一定没事吗？马还得口蹄疫和布鲁氏菌病呢，要是司令员在指挥战役的时候突然发病，我军必得蒙受重大损失！

马所长不停地点着头说，那是，那是。

河莲说，当然，我们是相信马所长的，肯定不会有人下毒。估计是有一些细菌污染，比如黄曲霉什么的，马吃了没事，但人无法适应。我们打算取司令员曾经吃过的棒子面，做一个化验，看看有没有不良成分。本来，我们科长是要亲自来的，那样就太严肃了，容易叫人往别处想，所以，就派我们两个小兵来，不引人注目，也是保护马所长的意思。

马所长简直感激涕零了，说，代我感谢你们科长，想得真周到。好，我这就领你们到仓库里去看马料。

军马所的仓库高大干燥，有一种很好闻的原粮味道，好像老农的小屋。所长指着一个打开的口袋说，司令员的警卫员，就是从这个袋里取的老棒子面。

河莲很内行地用手指捻捻金黄的粉末，然后还装模作样地低头闻了闻，又拈起一小撮儿拿到阳光下看了看，说，外观还是不错的，看不出有什么毛病。不过，肉眼观察只是初步结果，最后的结论，要用卫生部配发的毒物检测箱测试后，才能做出。

马所长诚惶诚恐地说，但愿不要有什么问题。不知要多长时间，才能得出结果？

河莲说，等着吧。有些细菌培养慢着呢。山上缺氧，细菌都不爱长。你先给我们找条口袋来。

马所长说，做什么？

河莲说，装老棒子面啊。

所长说，一个化验，用得了那么多？够蒸一笼屉窝头的了。

河莲敲打他说，谁敢用你这马料蒸窝头？司令员一天多少人关怀着，都消化不了你这棒子面，小兵的胃还不得叫它烧出洞？

马所长狐疑地说，那你拿一小包走，也足够用了。要知道，化验大便才用一小纸盒装标本。

河莲叹口气说，所长，咱不是不怕一万就怕万一吗？要是没事，当然好，要是查出什么可疑的东西，就还得回来取样，来回折腾，风声不就大了？想给您保密也露馅了。要是谁不知道这事，把这棒子面再拿去吃，不就麻烦了？

马所长终于感激地说，想不到你小小年纪，想得还很周到。好，我给你拿条大口袋，把这些都装走吧。

告辞的时候，马所长一个劲儿地说，有了结果，你可要早早告我啊。

河莲说，放心吧，等我通知。只是在这之前，您可跟谁也别说啊。

军马眨巴着大眼睛，目送我和河莲走出军马所。我看着马的大下巴，很心虚。我觉得人能骗过人，却未必能骗过马。这种智慧的生物，一定看穿了我们暗算它口粮的诡计。

我和河莲像偷鸡吃的狐狸，背着口袋往回走。离军马所很远了，我还不断回头张望，直到确信没有一个人跟着我们，才说，哎呀，河莲，佩服死你了！简直一个超级间谍，谎话编得比真的还像。我现在都不敢吃这袋棒子面了，可别真的拉了肚子。

河莲说，放心吃。给司令员挑选的，一定是最好的。我们也享受一回。

我说，河莲，你这不是谎报军情吗？

司令员就不是凡人了？人吃五谷杂粮，没有不得病的。你焉知司令员此时没跑肚拉稀？再说，把他吃的东西化验一下，这也是对首长的关心爱护。官兵一致才能得胜利，这是“三大纪律八项注意”里教导我们的。河莲说。

面对这种滴水不漏的逻辑，我无话可说。河莲警告我，这事就你我知道，别扩大知情人的范围。

我说，怎么，害怕了？

河莲说，对我倒没有什么，主要是维护司令员的面子，省得叫人笑话。

大家对我和河莲的赫赫战绩，表示了极大的敬意，当然也非常想探得事实真相。我牢记河莲的嘱托，守口如瓶。

春节前夕，各个小部落的人紧张地交流着食谱的心得，好彼此取长补短。比如，我们就知道了外科的医生们，打算把炊事班多年不敢涉及的干海参，给大家烹一个“红烧参段”尝鲜。这道食谱的发起人，是一位山东籍的外科医生，人称“山外”。他从小在海边长大，对鱼虾类由衷地热爱。阿里高原可能是全中国离海岸线最远的地方，想吃海鲜的人们，只有仰天长叹、顿足捶胸的份儿。“山外”医生有一天意外地在炊事班库房，发现了黑若木炭的干海参，大喜过望之后紧接着就是怒火中烧，责怪炊事班为什么不做给大家吃。班长很有涵养地说，谁知那是个啥虫虫？吃坏了大家的肠胃，你的事还是我的事？

不论“山外”医生怎样咬牙跺脚地保证，这绝对是一道高蛋白、高营养的美味佳肴，班长还是固若金汤，不为所动。最后说，你是指挥刀子的，我是指挥勺子的，咱俩两不掺和。你给病人开膛破肚去，这里我说了算！

“山外”医生胳膊拧不过大腿，只有隐忍着，等待时机以求一逞。这次可以光明正大地动手了，自然要实现他的梦想。

内科医生更是独出心裁，说是有一道拿手的菜，现在高度保密，到时候让大家口水流得把地上砸个坑。

大伙焦急地等待着初一的晚上，那将是八仙过海、各显其能的时刻。别管到时候能吃上什么，单是这份同仇敌忾、众志成城的心劲，就让人兴奋不已。

久久盼望的节日终于到了。初一一大早吃了饺子之后，小如就率领我们占住了大铁锅，因为棒子面粥是没法用高压锅煮的，山上水的沸点低，为了保证粥的效果，只有笨鸟先飞，早些开始动手。再加上各种方案不论怎样变化，总得用炊具。炊事班就那么几口锅，下手晚了，就没法操练了。

自从河莲拉着我完成了熬棒子面粥最艰难的工序，搞到了原料，我们俩几乎有了游手好闲的资本。人家都忙，我俩袖着手，在营房里乱转。我说，还是给小如帮帮忙吧？

河莲说，一个穷人饭，有什么难做的？让她们干吧！你去掺和，人家还觉得你争功呢。

我们穿着新军装，东张西望，不知怎么到了外科。几个外科医生愁容满面，恨不能用手术刀自刎的模样。

我们忙问，这是怎么啦？

“山外”医生长叹一声，并不回答，只把一只脸盆状的行军锅，端到我们面前。锅里半盆冷水中，沉淀着一些黑石子样的东西，四周略有些发黏，好像被烤煳了的沥青蛋蛋。

这是……噢，海参！河莲悟性甚好，立刻判断出黑蛋的实质。

这还不能说是海参，只能说是海参干。“山外”咬文嚼字地纠正。

河莲说，甭管它到底是什么了，你们今天晚上就请我们吃这个？

“山外”医生说，已经泡好几天了，谁知它这么顽固，完全不动声色。你会发海参吗？

河莲说，我吃过海参。可没发过海参。为什么不问问炊事班长？

“山外”医生说，不是我瞧他土，他连海参都不认识，又怎会知道如何发制？

河莲大包大揽地说，我替你们想想法子。

我随河莲走出来说，你特爱吃海参？

河莲说，特不爱吃，软溜溜的，像个烂胶皮管子。

我说，那为什么多管闲事？

河莲说，有人在大年初一时候发愁，吃不上可口的东西，这是闲事吗？

我说，好像你是后勤部长似的。

河莲说，你怎么就知道我以后当不上后勤部长呢？

我说，好啦！炊事班到了。

钻进炊事班黑洞洞的宿舍，我本以为班长还不揣着手，乐得四处转悠，没想到别人在打扑克，他一副忧心忡忡的样子，坐立不安。见我们进来，马上兴高采烈地说，是不是做不出饭来了？还得请教我是不是？我就知道，别看你们摆弄个心啊肺的行，真要对付肚子，还得我出马。

面对大喜过望的班长，真不好意思说我们一切顺利。好在河莲马上虚心求教，您知道干海参是怎么发的吗？

班长对这个问题不感兴趣，说，那个虫子干啊，有什么好吃的。丢了算了！

河莲说，丢了？你是地主啊！一个干海参，比十块那么大的肥肉都值钱。不过，要是连你都想不出好办法，那就只有扔了。

一说到昂贵的价值，班长立刻服从节约的原则。他说，既是这样，哪儿能扔了？说什么也得把它发起来。

河莲说，你想个办法吧。

班长说，法子不用想，现成就有一个。你们等一会儿，立马就得。保证叫海参发得像个棒槌。

班长说得活灵活现，我根本不信。你想啊，他在陇西山沟里长大，连鱼虾海鲜为何物都不知道，哪来的灵丹妙药？

班长筹措土方子去了。我对河莲说，被海风腌透了的“山外”都没咒念，你能信班长的？

河莲说，他嘴那么硬，偏方治大病也说不定。

等啊等，班长回来了。他抖出一个小纸包，很严肃地说，拿去，给“山外”，泡水里，多搁点，用不了多长时间，保管软。别说海里的什么参，就是龙王的胡子，日子久了，也能沤成泥巴。照我说的办吧。

我摸了摸纸包，里面是粉末状的东西，还夹杂着小颗粒。

好像是土。走出炊事班宿舍，我对河莲说。

只要不是毒药就成。河莲永远一张乌鸦嘴。

我们把纸包交给“山外”医生，他们正望眼欲穿地等着我们。打开纸包一看，是一些灰白色的结晶体，散发着怪异的味道。看着“山外”他们莫名其妙的眼神，河莲打包票说，这可是祖传秘方，你们若是信不过，就只好端着空碗，等着到别人的锅里蹭食了。

嗟来之食不好咽。“山外”可能想死马当活马医呗，把纸包里的货色一股脑儿地抖进海参盆里。粉面刚一入水，就发出滋滋的响声，好像一把有热度的铁屑被淬了火。然后迅速溶解弥散，砂糖一般溶化不见了。

这玩意儿的味道不怎么样。“山外”耸着鼻子说。

您以为是香水哪？化学药品基本上都没什么好味道。河莲辩解道，好像纸包里的东西是她生产的产品。过了一会儿，她低头看看说，好像还挺灵的。

灵不灵得看软不软。“山外”说着，伸手捏了捏海参，不由得高兴地叫起来，嘿，真见效！

我们都把手探到盆里，像抓鱼似的，把海参从头捏到尾。真的，刚才坚如磐石的海参，此刻叛徒一般没了脊梁骨。

“山外”他们忙着钻研烹炒的具体措施，我俩就撤了。回去看看小如的棒子面粥，已经熬出了秋天的田野味道。再加一把火，便功德圆满了。我们又到内科去侦察。

内科医生们完全看不到想象中的忙碌情景，消消停停，好像已经吃完了饭。你们准备用什么好吃的，和我们以物易物啊？不会是打算白吃吧？河莲一副上级视察的口气。

内科医生们说，我们的东西，蛋白质价值高多了。一对一换着吃，我们就亏了，不能鱼目混珠，最少要举一反三,一碗换三碗。

河莲说，隔山买牛的事，红口白牙光说不成，得有真东西。

内科医生准备的晚餐，在一只硕大的铁桶里，上面罩着一块雪白的纱布，他们掀开一个小角，让河莲瞅瞅。本来我也想凑过去看的，没想到，河莲看了一眼，吓得闭上眼，说你们怎么敢吃这个?

内科医生说，特好吃，不信你尝尝，保证吃了一块还想吃第二块。

河莲说，这不是犯法的吗?

内科医生说，也不是我们把它打死的，是它自己累死的。

看大家说得这么热闹，我赶紧也揭开纱布看看，只见一个兽头，一对长耳朵，高高地支棱着，还有一些淡褐色的纤维粗大的肉块，横七竖八地摞在桶里。

这是野马肉。内科医生介绍道。

野马是俗称，大名叫“藏北野驴”。它长得非常像马，矫健敏捷的四只蹄子，几乎能在陡直的悬崖上攀登。它们喜欢群居，几十匹甚至几百匹聚为强大的方阵，奔跑起来如铺天盖地的赭色台风卷过，连苍鹰的翅膀都匍匐在它的影子下。

与平原迟钝愚笨的毛驴，绝不是一个祖先。可惜它的尾巴，不知为什么不像骏马是长而蓬松的一大把，而是上端细弱下端散乱的一小绺儿，灭了英雄气概，被人强行归属到驴子的麾下，简直是千古奇冤。

内科医生们下牧区巡回医疗时，有一天早起突然在帐篷边发现了一只孤独的野马，怎么也赶不走。大家开玩笑说，是不是这只野马病了，闻到了咱们帐篷有药的味道，特来寻医？仔细看看，也不像，那野马精神抖擞，没有丝毫病入膏肓的迹象，很爱与人相处。你轻轻地走过去，它会宽容地允许你抚摸它的鬃毛。要是别的野马，早就像一阵风跑到天边了。每天晚上这匹野马就神秘地消失了，早上又来到帐篷边。几天过去后，不知是哪个好事的人说，这马和人有缘分，没准儿还能学会驮东西呢。要是能和军马交配，也许能产生一代骁勇异常的高原马呢！大家都说这主意好，不妨一试，首要的任务是先驯化它。有人扛出一袋面，说让野马驮着跑一圈。野马从来没有见过面口袋，很乖巧地让人把面袋放在马背上。就在面袋安放在马背上的那一瞬，所有在场的医生都清清楚楚地听到咔嚓一声响，美丽的野马像土墙一样倒塌了，静静地躺在地上死了。原来野马为了攀越雪峰，所有的肌肉都集中在腿上，背部的力量很薄弱，哪里禁得住沉重的面袋，它的椎骨断裂了……内科医生看着野马，悔之莫及，觉得是自己谋杀了它。但死去的野马不可再生，医生们就很实用地赶紧把野马杀了，自己吃了一部分杂碎，把马头和马肉带了回来，让大伙也尝个鲜。一般人虽然在高原多年，因为野马是国家保护动物，不可随便猎杀，所以，并不知道野马肉是什么滋味。反正野马已经死了，大家就打打牙祭吧。

原因说明白了，内科医生们优待我和河莲，给了我俩每人一大块野马肉。别看野马长得很秀气，肌肉纤维非常硬，每一丝肉比火柴梗还粗。我谢了内科医生们，还是把野马肉放回桶里。我不能吃那么敏捷、美丽、善通人性的野马的肉，尽管它已化成白骨。

盛大的晚餐开始了。各个部落的人们把自己精心策划、精心制作的食品摆在桌子上，好像美味大会师。大家用罐头汁代替酒，互相祝福，甚至东倒西歪，步态踉跄，假装喝得醉醺醺。

我们灿若葵花的老棒子面粥、“山外”医生的红烧海参和内科医生的凉拌野马肉，都因独出心裁而出尽了风头，被人们一抢而光。药房的小伙子们实在想不出什么主意，就蒸了一锅农村妇女回娘家时带的大饽饽，还巧夺天工地揉成各种形状，比如公鸡、老鼠、兔子、刺猬什么的，用剪子剪出羽毛或刺，用黑豆做了眼睛。真想不到，他们那么粗的手指头，怎么做得这么细致。唯一美中不足的是，有人用红药水，在公鸡的头顶点了鸡冠子。上笼屉的时候被水汽一哈，红色洇到鸡胸脯上，活像刚打了败仗的斗鸡，被啄得满身是血。一般人都躲着不吃它，唯有炊事班长用筷子一扎而起，一口咬掉鸡翅，乐呵呵地说，红……吉利……

还真有几个男卫生员惨淡经营地烙出了饼，只不过那饼的模样有些不成嘴脸，每张都是圆环状的，好像日环食时的太阳。面的四周边缘生，中央部分煳，谁要是吃这种饼，就得有嘴唇乌黑半夜拉肚子的勇气。一问才知道，困扰我们的饼铛或鏊子的问题，也使他们一筹莫展。不过，到底是男子汉，敢想敢干，把罐头盒子铰开，几张铁皮镶在一起，就成了简易的烙饼锅，铺在炉台上，蛮像回事。然后和好面大张旗鼓地干起来。刚开始烙的一两个饼还不错，大家就抢着吃了，快活无比。没想到，从第三个就出了问题，那罐头盒子的铁皮薄，烈火持续焚烤下，中央塌陷，渐渐熔化，最后居然成了一个不规则的破洞。倒霉的厨师们面临着一个选择，要么洗手不干，乖乖地吃大锅饭，要么在困难环境下坚持住，继续因陋就简地烙饼。男卫们不愧是勇敢的战士，他们干脆把面坯擀成圆环状，放在破成同样形状的罐头饼铛上，有一种好马配好鞍的和谐感。火焰四周温度比较低，这种环形锅就可以多坚持些时间，实在破烂不堪时，再垫上一块新的罐头皮，平均烙几个饼就换一个锅。凭着坚韧不拔的努力，男卫们终于贡献了一堆半生不熟的饼。大家都说，这发明创造可以记个三等功了。

还有些恶作剧的，在糖包子里藏着一片黄连素，谁不幸嚼中，苦得肝胆欲裂，大过节的，又不好发作，只得灌一肚子雪水，拼命地刷牙。

最奇怪的是，每当我要用筷子夹海参的时候，河莲就拉我胳膊，不是说这说那转移我的注意力，就是干脆挡住我的筷子，好像怕我多吃了这道海味，就没她的份儿了。我很气愤，但细细一看，她竟是一口也不吃海参的。

平心而论，那道菜真是烧得不错，海参软得恰到好处、糯滑无比的样子，让人想象它滑入口腔，真正滋味无穷。大家的筷子紧锣密鼓地伸向海参，眼看就没了，我对河莲的饮食干涉颇为不满。她看着我横眉冷对的样子，马上笑嘻嘻地说，别发火，初一哭丧脸，一年都不顺。听我的吧，没错。

想到她一贯运筹帷幄的机智，我决定不和她计较。

那一顿饭，是我上山以来吃得最痛快淋漓的，当然，除了海参。饭后，我和河莲沿着狮泉河漫步，滔滔的河水在夜色中像黑暗的绸缎，铺向远方。

我说，河莲，为什么不让我吃海参呢？我会后悔一辈子的。

河莲说，你知道班长给我们泡发海参的粉末，是什么东西做的吗？

我说，好像是一种化学物质吧？

河莲说，那是他从男厕所山墙外面的墙壁上刮下来的硝。

我把舌头吐出来说，我的天！那不就是尿碱吗？

河莲说，别说得那么难听。那也是一味药，叫作“人中白”。泡进水里，劲道很大。土方法鞣皮子，常要用硝的。一般的东西，都抵挡不了硝的力量。

我说，不管怎么说，河莲，你真是我的好朋友，没让我吃“人中白”泡发的海参。就为这个，我得感谢你一辈子。

河莲说，其实，要是不知道，吃了也绝对没什么。

我说，可你是怎么知道的？

河莲说，我特地问了炊事班长，做了一番调查研究。作为一个真正的军人，你什么都应该知道。知己知彼，方能百战百胜。

我由衷地说，河莲，你真应该像你爸爸一样，做一个司令员。

河莲说，我也是这样想的。努力吧，也许几十年之后，我会成为中国第一位女元帅，你来做我的参谋长吧。

我说，我还是做你的秘书吧，为你记录点什么，把这里发生过的故事告诉平原的人，告诉以后的人。要不，没有人知道我们曾经在这里生活过，曾经有过这样的会餐，还有美丽的野马……

河莲说，那好吧，我们就一文一武好了。

于是，我们击掌为约。两个女孩子清脆的掌声，回荡在辽阔无际的高原，流动的河水和银亮的星星为我们作证。

突然背后响起一片掌声，原来是小鹿、果平和小如来找我们了，听到我们的掌声，也跟着鼓起巴掌来。

小鹿说，你会写一部这样的书吗？

我有些不好意思，说，我会试一试，能不能成，就不知道了。

小如说，你一定会成的。

果平说，写好了，一定要寄给我看看。你要是把我写得不好，我饶不了你。

我说，我会如实写的，好就是好，不好也没什么了不起的。反正我们就是这样过的日子！

我们五个西藏高原的女兵，手拉着手，快乐地沿着河边，走向我们高原上的家。

雪线上的蛋花汤

鸡蛋在昆仑山上是很稀罕的东西。

你想啊，海拔五千多米，多么品种优良的母鸡也活不了。从平原到高原几千公里的路程，汽车一路上“跳迪斯科舞”，鸡蛋就是铁皮的，也会被颠出缝。

于是，军需部门就给我们运鸡蛋的代用品。其一是蛋黄粉，色泽像金皇后玉米面一样灿烂。掺上水，用油一煎，就成了金闪闪的蛋黄饼。可惜好看不好吃，根本没有鸡蛋味，曾噎得人直翻白眼儿。

“用鸡蛋黄养鱼都养不活，人要一天吃这个，能得黄疸病！”有人说。

食堂若吃蛋黄粉，准得剩一大盆，像漫天的迎春花。

其二是一种有清有黄的冻蛋，是把整个鸡蛋打进铁桶，速冻而成。说起来倒是全须全尾的原装，吃到嘴里，却比鲜蛋差得远。好像鸡蛋的魅力是一种很温暖的东西，一冻就丢了。

其三就是鸡蛋罐头了。圆圆滚滚的球体卧在玻璃罐里，随浑黄的液体浮动。除了形状上还保持着基本轮廓，很难使人想到它是母鸡的产品。

于是，我们这些远离家乡的年轻军人，就像思念绿色一样，思念白色的温暖的有着粗糙外壳的真正的鸡蛋。

有一年过节，炊事班长很神秘地叫我："喂，你是女娃，有个事要问你。"

炊事班长很能吃苦，做饭的手艺可不敢恭维。

"什么事？你说好了。"我心不在焉地应道。

"喏，你看。"他伸出蜷得像个鸟窝似的手掌——我看到在他皲裂的手指圈起的半圆形凹体中，有一个粉红色的鸡蛋。

"是真的吗？"我惊喜地问。

"当然是真的！要是有只老母鸡，也许能孵出鸡娃来！"炊事班长得意地说。

这肯定不行。就算它原来是一颗有生命的种子，跋涉冰峰雪岭时也早冻死了。我顾不上反驳炊事班长，只一个劲儿地问："它为什么没被颠破呢？"

炊事班长不乐意了，说："瞧你这个样，好像巴不得它破了！这是我老乡特地从家乡带来的，一路上抱着纸盒，连个盹都没舍得打。"

我说："这真是一个经历了长途拉练的鸡蛋。"

炊事班长说："别废话，知道叫你来干什么吗？"

我说："把这个鸡蛋送给我。"

"吓！想得美！"炊事班长晃着他的方脑袋说，"老乡一共送我三个鸡蛋，三个鸡蛋够谁吃的？今天过节，我想用这三个鸡蛋给大伙儿做一锅真正的鸡蛋汤。你是城里人，你喝过那种片片缕缕像米汤似的鸡蛋汤吧？咱就做那样的。"

"喝过。"我说。

"那好，你就给咱做。"炊事班长说着，把我推到锅前。

在呼呼的热水面前，我可傻了眼。不错，我是喝过那漂浮如丝带的甩袖汤，但我根本就不知道它是怎么做出来的！可我又不好意思对向我寄予了无限期望的炊事班长说"我不会"。在炊事班长的方头颅里，既是城里人，又是女人，就该天生会做鸡蛋汤。

嘿！有什么了不起的！鸡蛋汤鸡蛋汤，顾名思义，把鸡蛋倒进水里就成汤！我痛下决心。

打蛋！我命令道。

炊事班长乖乖地拿出个大铝盆（可以当行军锅的那种，比一般脸盆要大和深），把三个鸡蛋打进去，用手指把蛋壳内的每一滴黏液都刮净。

三个鸡蛋像三颗金蚕豆，在空旷的盆底滚来滚去；没有了外壳的鸡蛋，更小更少。

一大锅水开了，冒着汹涌的白汽。我端起盆，正想把搅匀的蛋液倒进去，突然觉得它们太单薄了。

“加水。”我说。

“往哪里加水？”炊事班长谦虚地问。

“当然是往……鸡蛋里加水了。”我胸有成竹地说。

“加多少？”炊事班长小心翼翼地请教。

“就加……一大勺吧！”我指挥若定。

现在盆里的景象好看多了，黄澄澄的半盆，再没有捉襟见肘的窘迫。“好了，现在就把鸡蛋液倒进锅里，并且一个劲儿地用筷子搅拌。一会儿，我们就会有香喷喷的真正的鸡蛋汤喝了。”我有条不紊地吩咐着。

牛高马大的炊事班长乖乖地听着指挥，三个珍贵的鸡蛋和一大勺凉水倾倒进沸锅……一时间，锅里锅外都很安静。

“一个人只能喝一碗，多了就不够了。今天你辛苦，就给你喝两碗吧。”炊事班长思谋着。

“鸡蛋是你的，你本该多吃多占点。”我说。

想象中的鸡蛋汤该有仙女水袖般飘逸的蛋花，该有糯米般甜蜜的蛋丝，该有……

满满一大锅水再次开了。

锅里什么也没有，只是云雾般的混浊。那三个鸡蛋神秘地失踪了，融化在一大锅雪水中。

我和炊事班长面面相觑，目光在询问："鸡蛋呢？万里迢迢从家乡带来的鸡蛋哪儿去了？！"

喝汤的时候，我对大家说："今天这汤是鸡蛋汤，真正的鸡蛋汤！"

同伴们莞尔一笑，说："是吗？做梦吧！"

"是真的！我亲眼看见三个鸡蛋的，它们就在这汤里，我不骗你们！"我急得都要哭了。

大家还是半信半疑，因为，汤里实在是看不到鸡蛋的影子。

"不信，你们问炊事班长。"我使出最后的撒手锏。

大家把脸转向炊事班长。炊事班长扶着他的大方脑袋，什么话也没说。

于是，大家一哄而散，没有人相信我关于鸡蛋汤的神话。

"炊事班长，你为什么不说？为什么不说？"我气愤地质问他。

"大家没看见鸡蛋，你叫我说什么？"炊事班长心平气和地说。

那一天，我喝了好多鸡蛋汤，一边喝一边想，鸡蛋藏到哪儿去了呢?

这个问题我一直想了好多年。我想，假如我不在鸡蛋里掺水，事情也许会好得多。当然，如果锅不是那么大，如果我们有许多鸡蛋，我们就一定会喝上美味的鸡蛋汤了。

昆仑山那里出核桃

因为没有鲜菜鲜果，昆仑山上就多干菜干果。干菜实在是一种对菜的亵渎，犹如少女和老妪的区别。吃干菜的时候，有一种嚼线装书页的感觉。

干果包括花生、核桃、葡萄干之类。司务长拆开一个麻袋，用手指捻着说："这拨花生米好，山东的，大，油多。"其实大而油多的花生并不好吃，倒是四川花生，虽小却更有嚼头。司务长用空罐头盒子做容器给大家发花生米，官兵平等。葡萄干要算比较珍贵的吃食了，司务长就换个小号搪瓷缸子给大伙分。轮到分核桃的时候，就比较粗放了。司务长两手合围，一挖一捧，有多少算多少，倒你脸盆里算完事。

当兵的没家伙装，领东西时都拎脸盆。这样五花八门的吃食拌在一起，一副丰衣足食的样子。喜颠颠地往宿舍走，由于大小不等，到家时，个大的便被簸到脸盆浮头，猛一看，好像发了满满一脸盆核桃似的。

核桃听说是山西出的，个大，皮也厚。我们没有锤子砸核桃，因为山下从没给我们运来过锤子。女兵们劲小，只好用门来挤核桃，咔喇喇……核桃仁碾出来了。

核桃太像人的脑子，中间有隔，恰似人的大脑两半球。完整的核桃仁也像人的脑叶似的，有许多智慧的沟回。

“姑娘们，莫用门扇挤核桃了，门框快散了，夜里狼就进来了。”司务长说。

我们不再用门挤核桃，不是因为怕狼。昆仑山太冷了，狼都不在这里安家。是因为生核桃不好吃。也许是因为缺氧，生核桃吃多了，头便发晕，眼前便发蓝。

“要是能炒熟吃就好了。”十八岁见多识广的女兵说。

没有锅，我们就把整个的核桃扔到炉膛里烧。高原上烧的是焦炭，柿红色的火焰像红缨枪似的抖动着。核桃丢进去，在极短的时间内还保持着自己黑黢黢的本色，不一会便冒起青烟，噗地裂出一道金黄的火苗。火苗迅速蔓延，核桃就像一只充满了油脂的小刺猬，在炉膛的红炭上滚动。待核桃像一颗小太阳，通体成为亮红色时，就要眼疾手快地将它铲出，晚了就煳大了。丢在地上的核桃还会继续燃烧，要迅速吹灭它身上的明火。这时就有撩人胃口的香气在屋内弥漫开来。

我们屋里的地是泥巴垫的，同屋外的亘古冰雪荒原相连。色泽逐渐黯淡下去的核桃被地气一激，犹如迎头泼了一瓢冷水，噼里啪啦地爆裂起来，焦黄的核桃仁就像棉桃似的绽了出来。趁热将略带烟火色的核桃仁放进口里，听见它们将口水炙得吱吱作响，有滚滚的蒸汽在口中蒸腾……不一会，我们便个个吃得口角发黑。

烧核桃吃得多了，有人提议要吃炒核桃仁。这就需要砸壳取仁。这回不必破坏公物了，炊事员张大个，手掌大得像锅盖。手心捏两个核桃，上下唇一抿，咔吧吧——核桃壳就像玻璃似的碎了。他把桃仁很仔细地摆在一张净纸上，递给我们。

我们快活地围向炉火，紧接着的实际问题是没有炒锅。十八岁的女兵又显神通了，她把铲焦炭的铁锨头卸下来，用雪水拭净了，翘在炉火上。这个简易炒锅像个畚箕，一端敞，一端凹，核桃仁便不安分地在低洼处扎堆，我们便用筷子赶紧拨拉。核桃仁还没熟，筷子尖儿已经黑了。

垂涎已久的炒核桃仁出锅了，正确地讲，是出铲了。费了这么大劲，味道却并不见得怎么好，煳的煳，生的生，烟熏火燎地大家叼了几嘴。正不知如何处理这堆黑不溜秋的货色呢，突然有人砰砰敲门。张大个局促地走进来，手里捧着一些核桃仁碎屑送给我们，说是刚才匆忙之中没剔干净，这是又用针细细挑出来的。

哎呀呀！费那个事呢，又不是值钱的东西！这一大堆核桃仁还不知怎么吃呢，怎么又送来了！你愿吃就都拿走，不愿吃就都扔了吧！我们七嘴八舌地说。

张大个很金贵地把生熟两份核桃拢在一处，说：多么好的东西，怎么能扔了呢！我们老家那个地方不出核桃，都没见过这玩意儿呢！

那我们以后发了核桃都给你，你探家时带回去吧！十八岁的女兵说，我们都赞同地点点头。

张大个探家的时候，拎了一个大帆布提包。往长途车上一撂，包里哗啦啦发出类似鹅卵石撞击的声音。

后来，张大个回来了。女兵们问他："你老家的人说核桃好吃吗？"

"说好吃。"张大个拍着锅盖大的巴掌说，"俺爹说，闹了半天，昆仑山那里出核桃哇！真是个好地方。"

西风酒和香蕉罐头

“喝”这个字好像被酒给垄断了。只要说到喝，后面就拖着长长的酒尾巴。

其实凡是液体入喉，都算作喝。人一生最大量最平凡的是喝水（听说澳大利亚那地方宽裕地把牛奶当水喝，不在此列）。因为太普通，喝水就成了不值一提的俗事。

但若到了奇特的地方，简单的事变得棘手复杂，就又可以写一写了。

二十年前我在藏北高原工作。那里是喀喇昆仑山、冈底斯山、喜马拉雅山三头银色公牛抵犄角的角斗场，海拔在五六千米以上。人们常把青藏高原比作世界屋脊，那我所待的地方就要算屋檐上系风铃的地方了。

我们一年到头穿着厚厚的棉衣，像一群松软的面包。缺氧使大伙干什么都无精打采，高原像小偷盗走了青春的力气。更古怪的是锅里的水不到一百度就沸腾，没有切身体会的人，不知道它的玄妙。

我第一次明了它的确切含义，是看到一个女孩把滚开的水往脚上浇，她在洗脚。我想她的皮还不得跟褪鸡毛似的，脱下一块来？没想到，她惬意地甩着水，连说舒服舒服，你也来试试。那水其实只有六十多度，虽说开得哗哗叫，但并无平原上沸水的杀伤力。盛名之下，其实难副。

我们每天喝的就是这种六十度的开水。为了节省焦炭（运到山上的焦炭比上好的白面还贵得多呢），由食堂统一烧。吃罢晚饭，大师傅用炊帚把刚炒过菜的大铁锅胡乱刷刷，咣咣倒进几大桶雪水，煮开水的漫长过程就开始了。他总不乐意把锅刷干净，因为小时候家穷，有油星的锅是富足的表现，留着下顿饭接着滋润。

人们提着暖壶，拎着水舀子，麇集灶边。袅袅的水汽从裂了缝的木锅盖升起，好像有一大炷香在锅内燃烧。

需要耐心地等，这个过程大约四十分钟。你不可走远，因为水不多。抢不到水，你就会成为一晚上的撒哈拉大沙漠。水舀子也很重要，像古时做官的印玺，要牢牢掌握在自己人手里。假如水开了，你有壶没有舀水的家伙，岂不急煞人。又不兴随便拿个茶缸就能伸进锅里舀水（你就是把杯子洗了又洗也不成，这就是昆仑山的规矩）。水舀子就那么一两个，有数的，这人用完了给下个人用，好像火炬传递。你要是灌满了自己的暖壶，不把水舀子给紧靠在自己身后排队的人，而是遥相呼应，给了远处自家亲近的人，叫他先打上了水，大家嘴上不说什么，心里很鄙视你。就跟今日的以权谋私裙带风任人唯亲似的。

水好像不是被灶下的火焰而是被人们焦灼的目光烧开了。那情形像有一条小鱼翔在锅底，渐渐长大。先是搅起轻轻的涟漪，迅即膨胀，直到用尾巴搅出大朵浪花，这时，高原上的开水煮熟了。

这个历程不能撩起盖子看。一看三不开。常有性急的人说，怎么还不开？不待别人阻拦，嘭地把大木头锅盖揪开了。汪着油花的水面像巨大的眸子，凝然不动。他叹口气，重把锅盖像被子似的给水捂严。要等片刻，才会有柔弱的水汽再度溢出。水叫人看了这么一回，就给你推迟两分钟开。要是哪个晚上多碰上几个这样的弟兄，开水就会怠工许久。

其实先舀到开水的人不上算，表面的浮油都被灌进暖瓶里了。这种水在瓶胆里一捂，会泛出熬萝卜般的熏臭，于沏茶极不相宜。

于是要喝茶就自己煮。高原上的人都有硕大的搪瓷缸子，其规模相当于五磅暖瓶的下半截。抓把茶叶扔进缸子里，炖在火炉上，像熬中药似的焖着。高原上的火因为缺氧，永无热情奔放的时候，总是阴险地沉默着，一副紫蓝色忧郁的脸膛。

高原上爱饮浓浓的砖茶。从医学的角度看，老茶叶里茶碱含量高，对人的心脏和呼吸系统有良好的兴奋作用，可以帮助适应缺氧，这当是人们喜爱它的主要原因。倘若换了鲜鲜嫩嫩的龙井毛尖，只怕在如此的煎熬下顿失颜色。

高原人也喝酒。到藏族老乡家串门，主人总要敬上青稞酒。青稞酒基本上是无色透明的，并不是想象中的淡绿色。初入口时微甜，像醪糟，但不可小看。据行家们说，这酒后劲大，上头。藏胞淳朴，斟满的银碗高举过头，目光炯炯地注视着你，由不得你不喝。于是一仰脖，很豪爽地把一杯饮净，自觉尽到了心意，再把银碗端端正正地放下。

没想到主人以迅雷不及掩耳之势斟满第二杯青稞酒，依样画葫芦，又敬了上来。记着行家们的嘱托，不敢再饮。但主人执意要敬，推推拉拉，大家像在练太极功夫，好不热闹。

后来听翻译说，倒是我错了。若不打算喝了，就在碗底留点酒，主人知道你已尽兴，就随你的意了。像你这样一饮而尽，把酒碗舔了个精光，就是好汉一条准备豪饮一番的表示了……原来是这样！

工作部门里也喝酒。都是年轻人，逢年过节时，每十人算一席。每席一瓶白酒，多为西凤酒；一瓶果酒，多为樱桃酒。多少年来，这两个品牌永不变换。我想，一定是某年某月商店里盲目购货，压在库里，于是年复一年、节复一节地总用老面孔犒劳我们。

女孩子们一桌，望着这两瓶液体不知如何是好。西凤为中国十大名酒之一，想来性烈，是断乎不敢喝的。樱桃酒呢？儿时唱过：樱桃好吃树难栽。心想，由那么难成活的树长出的美丽果子酿造出的酒，准是好喝的。于是我们每人斟了一茶缸底子，黑乎乎的，像咳嗽糖浆。我至今不知那酒是个什么度数，喝到肚里的也只有一墨水瓶那么多（你想啊，十个人分一瓶酒，一个人会有多少？太多了不是多吃多占了吗）。但十分钟后，我就觉得面前的桌子和人都奇怪地漂浮起来，好像脚下是一片水……

我不知道这叫不叫醉酒。只是我从此后再也不敢去试任何一种含有酒精的饮料了。我的家族是不善饮的。我父亲曾说过我弟弟，喝一口酒连脚指甲都会红。弟弟在场面上练了多年还毫无长进，我就死了这条心吧。

剩下一瓶西凤，怎么办呢？找他们男孩换一盘菜吃！不知谁提议的，众人皆赞成。于是公推一伶牙俐齿的姐妹到邻桌去交涉，大家就眼巴巴地等着吃。

片刻之后，使节归来，手里仍是拎着满满的酒瓶。吓！他们还不换？一瓶西凤多少钱？一个菜才多少钱？再说平常喝得上酒吗？他们不换可是太傻了。没想到，男子汉还这么抠门！女孩子们大叫。

使节忙说，不是的！不是的！他们看见酒，眼睛都瞪得像瓶底一样圆。只是我看他们的菜都快吃光了，换了咱就不值了，所以完璧归赵。

原来，小气的是我们不是他们！只是这原封未动的一瓶烈酒，女孩儿留着又有何用？随着时间一分分流逝，邻桌碟子里的货色越来越少，假如贸易，我们的逆差就越来越大。

我们气愤地盯着男子汉风卷残云般地吃菜，心痛得厉害，觉得他们是把原属于我们的东西给霸占了。

我看见他们桌上的香蕉罐头还没有动。你们看合不合算？使节的大眼睛除了水灵灵地好看，还真侦察到情况。

男兵们多是西北一带人氏，对香蕉这类亚热带水果，抱半信半疑的敷衍态度。况且，剥了皮的蕉体泡在浑黄的液体里，形象也不雅。

不值不值！我们说。可惜时不我待，女孩们用眼睛的余光瞟着，各桌上的残羹剩饮越来越单薄。

换啦！我们悲壮地说。于是，我们每人分吃了半截香蕉（没多少，不够一人一条），又喝了浑黄色的罐头汤，觉得还不错，起码比辣乎乎呛人的白酒好多了。

下一个节日又像候鸟似的降临。

嘿！女娃子们！我们用香蕉罐头换你们的酒！刚开席，

就有男子汉找上门来，商讨以物易物。

好嘞！换啦！我们快活地答应，为早早打发掉透明液体而庆幸。

喂！我们来换你们的酒……又有几个小伙子摇着罐头瓶造访。晚啦晚啦！谁叫你们现在才来！女孩们幸灾乐祸地指责后来者，自己也有点后悔，想不到贸易形势这样好，刚才应该要个高价，一瓶酒换两瓶香蕉罐头的。

亏了亏了。下次要沉着点，待价而沽。我们互相眨着眼睛。

真糟糕！小伙子们懊丧地搔着后脑勺，只好打道回府。

哎！把你们的香蕉罐头拿走啊！我们指着他们遗留下的罐头瓶子，大声叫喊。

罐头嘛，既然你们爱吃，我们就不要了！他们头也不回地说。

男孩子和女孩子就是不一样啊！

从此，每一次会餐，我们总是随随便便把西凤酒送给任何一个邻桌的小伙子们。从此，每一次会餐，我们女孩子的桌上都有许多瓶香蕉罐头。

记得有一次，居然我们每个人都平均到了一瓶香蕉罐头。那一天的会餐，好像成了会香蕉。我们举着浑黄的罐头汤，豪爽地干杯，把罐头瓶碰得叮当乱响，喝了个一醉方休。

西藏猪

高原上的生物很少。像平原常见的飞鸟，比如麻雀、喜鹊，一种也没有。只有像乌云一般的秃鹫偶然飞过。大概鸟儿也因缺氧憋得喘不过气来吧？

人有一种爱养小动物的天性，我们就从山底下抱上来一只公鸡。一路上，随着海拔的不断升高，鸡冠子越来越紫，最后简直变成黑的了。好不容易熬到了目的地，我们赶紧把公鸡放在雪地上，心想让它换点新鲜空气，也许它会舒服一些。没想到，它的爪子刚一着地，立即就飞跑起来。跑了没多远，就一个跟头栽在地上，扑棱着翅膀死了。大家非常伤心。初到高原的生灵，是不能做剧烈运动的，要给身体一个慢慢适应的过程，可惜公鸡不懂得这个道理，就丧了命。

以后又从山下带上来一头小猪。这回大家有经验了，刚开始半个月，人们紧紧抱着小猪。不叫它活动，可小猪后来还是死了。医生说，小猪得了一种叫作高原肺水肿的重病。

过了些日子，有人从国界那边的印度进口了一只小黑猪。听说它老家的地势也很高，这样就不存在水土不服的问题了。

果然，这只来自异国的小黑猪平安地活下来了。大伙给它起名叫黑黑。

黑黑每天在我们的住处悠闲地漫步，把它的小尾巴得意地卷成一个“8”字。一到开饭的时间，它就从野外赶回来，等在饭厅门口，用长着双眼皮的大眼睛，眼巴巴地瞅着大家，嘴角还会滴下一串口水。

我们宁可自己先不吃饭，也要喂黑黑。这个给它撕一块馒头，那个给它舀一勺米饭。黑黑也很聪明，吃完了这个人的一口饭，就会走开，绝不会老围着你。人们抢着喂黑黑，有时就把黑黑搞得很狼狈，鼻梁上贴了一块豆腐，耳朵上挂着一缕粉丝。它很绅士，一点也不着急。等人们散开了，就自己跑到大石头旁边，把它蹭下来，再慢慢吃掉。

黑黑最爱喝甜牛奶了。刚开始是因为许多人是从农村来的，喝不惯牛奶。轮到喝牛奶的日子（不是鲜牛奶，高原上哪儿有奶牛啊，是用奶粉冲开的），剩的就格外多。炊事班就准备了一个大木槽盛剩牛奶。黑黑跑过来，把嘴巴拱进槽里，只剩两只眼睛在外面，咻咻地喘着气，埋下头谁也不理。你看不见它狼吞虎咽，只见它的脖子均匀地颤动，但槽里白色奶液的水平面迅速下降，一会儿就露出槽底的木纹了。好像槽子在我们找不到的地方裂了一个大洞，牛奶都渗到地下去了。黑黑抬起头，也很遗憾很吃惊地注视着木槽，好像自己也不明白：刚才还那么多牛奶，怎么一眨眼的工夫就不见了？

知道黑黑爱喝牛奶以后，我们就有意多给它剩下一些。

在这样丰富的营养下，黑黑迅速长大，不久就成了一只威武的大黑猪。甩着大肚皮走动的时候，好像一张黑丝绒壁毯在旷野移动。

高原上的尖石把黑黑的肚皮磨破了。开饭的时候，黑黑再也不能像原来那样飞快地跑过来，只能慢慢往家里挪。炊事班长看了心痛，就领黑黑到卫生科，对正在给人包扎伤口的护士说："给我们的黑黑看看病。"

护士吓了一跳，说："我又不是兽医。"

班长说："这病不用兽医，我就能看。把伤口消消毒，抹点药膏包起来就行。"

护士说："谁敢钻到猪肚子底下去上药？它不咬人才怪呢！"

班长对护士说："黑黑绝对不会咬你的。"然后又对黑黑说："这是给你看病呢，千万不要乱动啊！好了，趴下吧。"

黑黑就乖乖地躺在卫生科门外的地上，像平日吃饱了饭晒太阳的样子。

护士双手托着治疗盘，战战兢兢地走过去，消毒、上药……涂酒精的时候，黑黑可能感到有点痛，浑身抖了一下，但真的是没有动。

上完了药，黑黑站起来。它的肚子上多了一块雪白的纱布，好像一枚巨大的邮票。

第二天，护士偶然走出治疗室，看见黑黑正在屋外绕来绕去。见到护士，它哼了两声，然后自动躺在地上。原来它肚子上的纱布掉了，伤口又露了出来。护士就又给它上了药。

后来，黑黑的肚子好了，又可以很有风度地在房前屋后散步了。我们眯起眼看看它，想起平原的家。有人说："在我们村子里，有一头和这一模一样的黑猪呢！"

雪山窃贼

女孩子的胃比男孩子的要小，所以，她们正餐时吃得很少，但经常要吃零食。

西藏能供给女孩子打牙祭的东西实在太少了，我们每天馋得思来想去，只好“精神会餐”。

有一天，果平对我们说：“喂！想不想吃烤羊肉啊？”

大家异口同声地说：“那还用问？当然想吃啦。”连我也跟着一块儿喊，虽然我不吃羊肉，但我喜欢凑热闹。

果平说：“那我们先筹集原料。”大家就分头活动，很快就搞到了孜然、辣椒面和盐。但烤羊肉最主要的材料——羊肉，还在羊身上长着呢。

大家很着急，果平如此这般地把她的计划说了一遍，我们就只好耐心地等待一个日子。

西藏的羊群经过了一个夏秋的游牧放养，冬初的时候最肥了，要是不杀，经过一个冬天的折磨，到了来年春天，就骨瘦如柴了。在第一场暴风雪来临之前，炊事班长带领人在操场上预备把整个冬季吃的羊都杀完了。然后，把羊堆积起来，拎来水桶往剥了皮的羊肚子里灌水。这样经过一个严寒的夜晚，水就结成巨大的冰坨，羊像琥珀中的昆虫一般，保存得很新鲜。

羊肉暴露在室外，一年只有这么一个晚上。天一亮，班长就会把冻好的羊搬进库房。再想偷出羊肉，比登天还难。

那天，我们每个女孩子手里都捏了一把手术刀，静静地躲在屋里，盼望黑夜降临、众人入睡的时刻。

终于等到了。半夜时分，我们身穿皮大衣，偷偷地溜出房门。天黑得如同墨鱼肚子，冻彻骨髓的寒风把我们吹得东倒西歪，可是，大家都毫无退缩之意。有什么比在漆黑的夜晚冒险更令人兴奋的呢?

我们很快摸到了堆放冻羊肉的操场，除了成垛的死羊，这里空无一人。我们并不害怕，可是，对着城墙一般坚实的冻羊，不知如何下手。

果平掏出随身带的小手电，上下左右照了照说：“每人找准一只羊，用刀子割肉。注意不要割了自己的手。”

我们手持利刃，纷纷持刀而上。手术刀倒是很锋利，但它太小了，好像一片银色的柳树叶，面对着骨骼完整的冻羊，简直是杀牛用鸡刀，实在力不从心；再加上羊身上结满了冰，好像披了水晶盔甲，又硬又滑，刀尖儿根本插不进去。

大伙儿忙活了半天，没有一点战果。果平不慌不忙地说："别着急，两个人一组，一个人扳住羊身子，另一个人用刀切羊腿上的肉，那儿的肉最好吃了。"

调整部署后果然奏效，我们割了几块羊腿肉，得胜回朝。牙齿冻得直打架，但心里得意极了。

到了屋里，把羊肉摊在桌子上的玻璃板上，切成樱桃大的块儿，蘸上作料腌好，这才发现了一个致命的问题——还没有烤羊肉的铁扦子哪！

大家你看我、我看你，大眼瞪小眼。果平一拍脑门说："把每个人的毛衣针拿出来。"

女孩子天生爱织毛线，每个人都有几副粗细不同的针。大家齐心协力把毛衣针贡献出来，凑成了一大把扦子。

我们用酒精棉球给毛衣针消了毒，然后，穿上羊肉块，撒上辣椒面，开始在炉子上烤。

那一瞬间，屋子里很静很静，听得见屋外狂风的呼啸，听得见羊油滴落在火焰上的吱吱声。袅袅的热气在女孩子们的头顶蒸腾着，有一种家的气氛在我们心中涌动。

那一夜，我们房间的灯很晚才熄灭。

第二天一大早，炊事班长吃惊地说："我的羊腿被谁挖去了几大块肉？雪山上出了窃贼，看来还是个老手，把羊身上最好的肉割走了。”

我们面面相觑，谁也不作声。

炊事班长又说：“其实，我巴不得大家多吃些肉呢，吃了肉身体好；只是这种冻了冰的肉，没有高压锅，谁能把它炖熟？可别吃坏了肚子。”女孩子们得意地交换了个眼色，大家还是不说话。

让炊事班长永远蒙在鼓里吧！他绝对想不到，这些柔弱的女孩子，吃起烤羊肉来，个个像绿林好汉呢！

元宝饺子

中国有句俗语：好吃不如饺子。

西藏高原的人，当然也爱吃饺子。可山上的水不到八十摄氏度就开了，根本就煮不熟饺子。再说平日里大家都挺忙的，包饺子是个大工程，一时半会儿完不成。

春节到了。年轻人回不了远在内地的老家，大年初一总得吃顿象征团圆的饺子吧。

为了这顿饺子，从腊月二十八就开始忙上了。

炊事班长打开一袋袋面粉，在手心各捏一小撮儿，追着人问："你们说哪一袋面最白？"

大家随便看了一眼说："都是一盘机器磨出的面，都是一样白。"

炊事班长就红了脸反驳说："那可不一样。有的就细些，有的就粗些。十个指头还不一样齐！"

大家说："粗细还不一样吃？"

班长认真地说："那不一样。大伙好不容易吃一顿饺子，要用最好的面。"

挑好了面，就开始兑水揉面。几个小伙子抡圆了胳膊干，和出好几袋面。面团卧在案板上，好像一只只小白猪。

然后是调馅。山上没有鲜菜，就用脱水菜。干燥的脱水菜是一种像树叶一样黄而脆的碎屑。一浸了水，就迅速胀大，变成像淤泥一样绿得发黑的糊状物。用手把水挤出去，菜馅的主角就有了。

没有鲜肉，就用红烧肉罐头替代。啪啪啪——打开几十筒，亮闪闪的一大溜罐头盒，好像一排胖胖的锡兵。冻成块儿的肉罐头要用筷子使劲搅匀，要不然，可能这个饺子里都是肉，那个饺子就是素馅了。

面和馅都有了，剩下的步骤就是如何把馅包在面里的问题。按照各自所在的房间划成小组，大家各自到食堂去领原料。

为了分得公平，炊事班长特地找来一杆秤。按每个人若干面若干馅的比例分发。我们领了面和馅，看着班长说："还有东西没发呢！"

操劳了几天的班长不耐烦了，说："还要什么？该给的都给你们啦！"

我们说："还有擀面杖、案板和搁饺子的盖帘啊。"

班长说：“想得还挺周全。我又不是仙女，在这高高的雪山上，我到哪儿去给你们变这些东西？自己想办法吧。”

我们可怜兮兮地说：“想不出来法子。”

班长说：“那好办。就不要吃饺子了。面团擀成面片，饺子馅捏成丸子吃。”

我们赶紧就抱着盛馅和面的盆跑了，自己去想办法。

用抹布把桌面擦干净。谁不放心，就用酒精棉再涂一遍，算是消了毒。这就有了案板。

找来几本厚书，铺上白纸，撒一些干面，就成了上好的盖帘。

最难办的就是擀面杖了。雪山上连树都不长一棵，因陋就简现做一根都不可能。

不知是谁灵机一动，把一百毫升的大注射器芯子抽出来，权当擀面杖使。

起初，大家都说这个法子妙，但实践的结果并不理想。虽说勉强能把面团擀成圆形，但麻烦太大了。一来注射器内芯有个隆起的把子，干起活来十分不得劲。二来芯子非常滑，在平整的桌面上碾动，就像穿了溜冰鞋，累得人手腕酸疼。更有一位酷爱洁净的女孩说，她宁愿吃馒头，也不吃注射器芯子擀皮包出的饺子。

我们不解地问：“为什么？”

女孩说："因为那根注射器抽过病人的血，芯子上没准儿还沾着病人的细胞呢！"

我们解释："都洗刷干净了，还用高压锅消过毒，没有事的。"

那女孩说："反正我是不吃这根棍擀出的皮，总是叫人心底犯嘀咕。我到别的房间看看，要是用新注射器，还凑合。"

说着她就跑了出去。

过了一会儿，她回来神秘地说："你们猜，男子汉们是怎么擀皮的？"

我们猜不出，她就领我们去看。

只见男人们把面团塞进压面条的机器，用力把轮轴摇得像一架风车。面团就被挤成薄而长的面片，像瀑布一样垂下来。

男子汉们把布匹一般的面片摊在桌面上，抓起暖壶盖，像盖公章一样扣下去。一个圆而大而厚的面块就被切了下来，摞在一起，就成了硬邦邦的饺子皮。

男子汉们用这种饺子皮包的饺子，又胖又大，像白花花的元宝。

女孩子们笑他们的饺子样太蠢，他们不服气地说："我们的饺子一个顶一个，谁像你们的，没个鸽子眼大，吃一百个也不饱。"

几乎忙了一夜，我们才把饺子包好。天亮了，各房间把自产的饺子送到炊事班。大家的饺子真是千奇百怪，山东的挤饺、河北的睡饺……江南的饺子最秀气，趴在那里，好像半个月亮……

饺子又叫水饺，意思是用水煮的饺子。高原上的水不开，只好改为蒸饺。班长指挥着，每个房间的饺子摆一屉，然后拧好高压锅的螺栓，开始点火。

大家都目不转睛地盯着高压锅，好像那里面炖着山珍海味。

炊事班长揭开锅的一瞬，人们像喜马拉雅鹰一般扑了上去，根本不管屉与屉的分别，抓起饺子就往自己的碗里扔。

女孩子们比较矜持，况且，她们的鸽子眼样的小饺子，谅也没人稀罕。

轮到她们拾饺子的时候，可就傻了眼。哎呀呀，精致的小饺子早就被人抢完了，只剩下大元宝稳坐笼屉。

女孩子们一边吃元宝饺子，一边嫌它们皮厚馅少。只有一个女孩好开心，她说："不管怎么样，这种饺子吃着放心，起码皮上没有血迹。"

第三辑

在雪原与星空之间

信 使

我十七岁的生日，是在藏北高原过的。那天，正好是军邮车上山的日子，这个生日便像美丽的项圈，久久地悬挂在我胸前。

喜马拉雅山、冈底斯山、喀喇昆仑山，像三柄巨大的棱锥，将我所在的部队，托举到了离海平面五千多米的高度。我的生日在十月，这正是平原上麦秸垛金黄而干燥的时光，昆仑山却已万里雪飘。就要封山了，封山是冰雪发出的禁令，我们将与世隔绝到春天。

战友们把水果罐头汁倾倒在茶褐色的刷牙缸里，彼此碰得山响，向我祝贺。对于每月只有一筒半罐头的我们来说，这是一场盛大的庆典。

但心中总有淡淡的悲愁——我想家。

一位白发苍苍的老医生对我说：也许军邮车今天会来的。

你骗人！我大叫。有时候猛烈地指责别人说谎，其实是太渴望那消息真实。

军邮车大约每月从新疆喀什开上昆仑山一次，日子并不准，仿佛一只来去无踪的青鸟。老医生戍边多年，他的话有时像符咒一样灵验。“每年封山前上山的最后一辆车，总是军邮车。山下的人都知道我们的心。”他晃着满头的白发，像一丛银针。

那天夜里，军邮车像破冰船一样，跋涉五天，英勇地到了，整个军营为之沸腾。我们真想欢呼，但军人只有打了胜仗才允许欢呼，于是我们屏住气盯着一处房舍。房舍门口站着两个威武的士兵。因为曾有一次，迫不及待的边防军人们跑去抢信，从此在军邮车到来的日子，分拣信件的房间便加站双岗。

各单位取信的人站在房外，一取到信就像古代的驿马接到加急文书，拔腿就跑，去把信件送给望眼欲穿的人们。

在高原上奔跑，不是一件轻松的事。这活儿一般都分给腰细腿长的年轻人，但白发苍苍的老医生执拗地要做这件事。知情的人私下里说，他家中有很老的双亲、很弱的妻子、很小的孩儿，想信比别人更甚。

老医生说，有一年封山的时间格外长。半年后军邮车首次上山，信件一直摞到分拣人的胸前。他们在信海中游走，呼吸都很困难。

老医生抱着一大摞信，我们扑上去抢。那时候干部去干校，知青接受再教育，妻离子散的多，信件也格外多。每个人都像蜘蛛一样，吐出思念思索的长丝，织一张自己的情感信息之网。

霎时老医生手中就空了，接下来是唰唰地撕信，信皮的断屑萧萧而下。

我最先看的是父母的信。仿佛有一只温暖而柔软的手，从洁白的笺纸中探出来，抚摸着我额前飘动的乌发，心便不再凄然。

再看同学和朋友的信。我的同桌此刻在遥远的西双版纳，信中夹了一朵花的标本。她说这是景洪最美丽的花，有沁人肺腑的香气。夹花的那页信纸留有大片紫色的痕液，想象得出花盛开时的娇嫩。我低头嗅那被花汁浸泡过的地方，哪儿有什么香气，有的只是纯正而凛冽的冰雪气息缭绕其中。

我连夜回信。平常日子，营区是柴油发电机供电，每晚只亮两个小时，然后就像木偶人似的眨几下眼睛，熄灭了。军邮车一来，首长便传令延长发电时间，以利于拣信和回信。首长其实也很盼信到来。

同屋的女兵嘤嘤地哭了起来。她的小侄子病了。我们都放下笔去劝她。然而，女孩子常常是这样：越劝哭得越欢畅。

老医生悠长地叹了一口气："告诉离得这么远的一个小姑

娘，孩子的病就能好了吗？我家里人是从不这样的。”

不一会儿，女兵停止了哭泣，因为从老医生送来的第二批信中，她得知小侄子的病已经好了。

“要有经验，”老医生说，“把信全拆开，码饼干似的排好，从最后面的看起，前面的只能做参考。”

这自然是至理名言。这么办，时间长了，我们也发现了弱点。好比一本荡气回肠的小说，快刀斩乱麻先看了结尾，再回过头去细细咀嚼，便少了许多悬念和曲折。

那一次军邮车上山，老医生没有收到一封信。按照他们家的逻辑，没有信来也许就是出事了。他的忧郁持续了整个冬天。

在这海拔五千米的高原营地，每逢有人下山，就会挨门挨户地问：“我要走了，要不要带信？”哪怕是平日最自私的人，在这件事上也绝对平和而周到，这是高原的风俗。

有时候突然写好一封信，又不知谁能带走，就在吃饭人多时喊：“谁能下山，告我一声。”一次，一个素不相识的人对我说：“我知道你父亲的名字。”“你看过我的档案？”我问。“不是。几年前我为你代发过家信。”我已经完全记不得是托什么人又转到他手中的，于是赶忙表示迟到的谢意。

在我十七岁生日过去半年的时候，收到了西双版纳同学的回信：“那朵花怎么是紫色的呢？它是雪白的呀！而且，绝不可能没有香气！”

信是老医生送来的。这是开山后的第一次通邮，他也很快乐，他的家里寄来了平安信。有时候他又突然疑惑，说他家会不会有什么事瞒了不肯告诉他。我们都说不会不会，你是家里的顶梁柱，他们离了你，根本就办不了事，怎么会瞒你！他也觉得很有道理，心宽许多。

终于，轮到他探家了。很早就告诉我们：他下山时专门预备一个提包，为大家装信。我便对着昆仑山皑皑的冰雪，咬着笔杆，从从容容地写了大约三十封信，每一封都竭尽我的才能。

我双手捧着这摞信，郑重地交给老医生。他的白发在雪峰的映衬下，晃动得像一盆水中的粉丝：“你放心好了！我到了山下第一件事就是为大家发信。假如回信快的话，下次军邮车上来，你们也许就能收到回信了。”

他走了。军邮车像候鸟，飞来一次又一次，但那三十封信一封也不见回音。原来他下山乘坐的车翻了，这在高原是很平常的事。熊熊烈火吞噬了他银发苍苍的头颅，那个装满信件的旅行包，顷刻间化为青烟。

那三十封信，只有给父母的那封，我重写了托人发出。给其他人的，便再也提不起兴致重写。只要抓起笔，老医生的白发就在眼前灼目地闪动，眼珠便发酸。大团大团的冰雪，在我胸中凝结。

后来，在老医生的追悼会上，我才知道他的生辰，远没有我想象的那样老。满头灿然的白发，是昆仑山馈赠他的不能拒绝的礼物。

他死了以后，军邮车还带来过他的家信。我第一次注意了一下地址，是广西一个很偏远的小城。又在地图上仔细寻找，那地方在北回归线以南，属于热带，该是非常炎热的。老医生的家乡，距离昆仑山大约有一万五千里。

那封迟到的信，边缘已经磨损，好像烙熟又蒸了几遭的馅饼，几处裂口的地方，被薄而坚韧的透明纸粘贴过，上面打着蓝色的印章："邮件已破，军邮代封"。

不知这是否是封报平安的家信？

拉 练

“拉练”这个词，顾名思义，是“拉到外面去训练”的意思。这个“外面”指的又是哪儿呢？它说的是“屋子外面”。

有人又得说了，屋外有什么了不起的？我们不是常常到屋外活动吗？

我说的这个屋外，有几点特殊的地方。第一是时间。它不是春暖花开的三月，也不是赤日炎炎的夏天，还不是金风送爽的秋天……对了，现在只剩下最后一个季节，就是白雪皑皑的冬天了。第二是地点。不是江南，不是塞北，不是平原，是海拔五千米雪线以上的高原永冻地带。

什么叫雪线呢？刚听到这个词的人，脑海里会不由自主地出现一条又白又亮的银线，好像是一根由千万根蚕丝拧成的粗绳子，悬挂在险峻的高山半腰。其实，雪线可没那么浪漫，它只是地图上一条假想的线，表示在这个高度以上，积雪和冰川永不融化，寿命与天地同存。在雪线以上的高山行走，随手捡起一块透明的冰块，它的历史都可能超过了一千年，比你爷爷的爷爷还要古老得多。拉练就是让大家到雪线之上露营和自己起火做饭，当然，最主要的节目是行军和真枪实弹的演习。听了动员令后，大家都摩拳擦掌，做着拉练前的诸项准备。

第一要紧的是每人要有一口锅。平常日子都是吃炊事班的大锅饭，自己不用发愁。这回不行了，要野炊，首先得自己备好锅勺。不由得想起一句古话——巧妇难为无米之炊，心想，它说得也不怎么确切，就算有了米，没有锅，巧妇也得抓瞎。

河莲先到炊事班求援。班长说，甭瞎忙活。你们不用备炊具，到时候有我呢。

有人自告奋勇帮忙自然好，但不知这忙如何帮法。河莲说，让我先看看你准备的锅。

班长说，我的锅，没什么新鲜的，你天天看见，喏，就在那儿。

河莲一看，原来炊事班长根本没做特殊准备，打算把每天给大伙烧开水的大铁锅，背出去煮饭就是。

河莲说，那怎么行？到时候一安营扎寨，传下号令，就地生火做饭，你做得了，队伍也该开拔了，我会饿肚子。

班长晃着大方脑壳说，我是那样的人吗？要是万一来不及，怎么也得让其他同志先吃，我是享乐在后的。

河莲说，那也不成。你的锅那么大，得多少柴草才能把水烧开？伺候不起。

河莲是我们派出的侦察兵，本以为她会带回好消息，不想无功而返。全班人唉声叹气之时，新情报传回来了，说是经过摸索，有人发明了用罐头盒子做成很漂亮、实用的小行军锅。

高原海拔高，气压低，饭很不容易做熟。避免夹生的办法，就是尽量提高锅的密闭性，保持住锅里的温度和压力。当然要是有小的高压锅，那是最方便了，可拉练的宗旨就是让大家在冰天雪地里锻炼，哪儿会给大家配锅？不知是谁的创造，用锉刀把罐头盒顶端的焊锡锉掉，使罐头盒盖完整地脱落下来，用的时候再盖上去，一个因陋就简的小锅就成功了。

我们每人拿出一个水果罐头，开始像手工作坊一般干起来。锉刀吱吱，银屑飘飘。不一会儿，河莲就兴奋地大叫起来，我的小锅出厂啦！

大家凑过去一看，河莲把罐头盖子平平整整地卸了下来，盖上去的时候严丝合缝，简直像是原装的锅盖。河莲又操起锤子，用小钉在罐头盒——也就是锅的主体部分，钻了两个洞。

我们吃惊地问，这是什么？

河莲说，这都不明白？拴上铁丝，做个锅耳朵。不然，锅那么烫，谁敢用手提？再说，如何捆到背包上？都是问题。我这是一箭双雕。

我们衷心佩服河莲的深谋远虑，锅的制造已进入精加工阶段。低头看看自己手下的活，还是粗坯，就赶快提高速度。

真是见了鬼，我拼命挥舞锉刀，像一个地道的老工人。可我的罐头盒子好像变成一发炮弹，其壳坚硬无比。我累得一脑门热汗，它还是岿然不动。

我去找河莲，她成了我们之中的总工程师。真是高人啊，只看了一眼，她就说出了症结所在。你真傻，为什么专门挑了橘子罐头来锉？要知道，它的铁皮质量最好，简直像是不锈钢制成的，难怪你锉不开。像我，选一筒菠萝罐头，又小巧铁皮又软，自然马到成功了。

面对先天的失误，除了改换门庭，没别的选择。我立刻加入了“菠萝一族”，其他的操作也和河莲一模一样。经过手忙脚乱的一阵努力，小锅也宣布竣工，同河莲的产品摆在一起，简直是双胞胎。

锅的问题之后，就是领粮食。规定每个单兵要携带足够三天食用的口粮。按照士兵最低热量标准，共需粮食四斤半。

干粮袋是草绿色的，细细长长，瘪的时候好像一段蛇蜕。

领导用秤给大家分粮，四斤半大米装进去，粮袋撑得圆圆滚滚，像一条苏醒过来的大蟒。

我生平最讨厌吃米饭了，总觉得那些软绵绵的小白粒子，吃多少也填不饱肚子。平日也就罢了，饿了可随时补充零食。可这次是模拟实战，总不能一边坚守阵地，一边嘴巴嚼个不停吧。我对领导说，给我发白面，成吗？

不行。领导很干脆地拒绝。

为什么？米面都是碳水化合物，提供的热量卡路里是一样的。我用刚学到的医学知识，为自己做论据。

在高原上，米可以煮熟。面呢？泡在罐头盒子里，成了糊糊，你怎么吃法？领导不理我的卡路里学说，一针见血地指出面的弊病。

我宁愿吃那种糨糊样的东西，也不吃米饭。再说红军过雪山草地的时候，吃的也是面粉，不过就是炒熟了而已。我小声反驳。

领导没想到我引经据典，一时竟想不出如何批评我，停了一会儿，终于发现了更强大的理由，说，干粮袋就那么长，米能够装进三天的量，面就不行了。

我说，不信。

领导说，你这个女孩，怎不见棺材不落泪。来，我装给你看！

领导说着，称出四斤半面粉，倒进干粮袋。面比米要难收拾，不少面粉撒在外面，领导就像颗粒归仓的老农，不厌其烦地把每一撮儿面粉都收拾起来，愣往干粮袋里塞。

干粮袋鼓如圆柱，秤里还遗有面粉。在铁的事实面前，我不得不低头服输。同等重量的面，要比米占的地方大。比如说一麻袋可装大米两百斤，装面粉就放不下了。领导告诫道。

但我仍不死心，说，具体情况要具体分析。对我的胃来说，三斤面就抵得过四斤半米。

领导说，这不是抵不抵的问题，也不是你的胃说了算的事。你刚才不是说什么卡路里吗？关键是热量，在冰雪高原，你要是没有热量，就得变成白雪公主。

我一声不吭地跑出去，过了一会儿，抱着一堆糖进来，对领导说，我不带大米，带水果糖行不行？它提供的卡路里比大米可多多啦。

领导这次把脸沉下来，斩钉截铁地说，不成！一个战士不可能在冲锋的时候，往嘴里不停地塞糖！

最后一线希望破灭。虽然他的话也很无理，冲锋的战士不能往嘴里塞糖，难道就可以往嘴里塞米饭团子吗？但人家是领导，咱当小兵的，就只有服从了。

衣食住行这句话，我以为很科学。在解决了吃饭问题以后，考虑的就是拉练中的穿了。皮大衣当然是必备的了，要不然，会在酷寒的夜晚冻成冰雕。狼皮褥子也是要带的，在万古不化的寒冰上露宿，没有它，地心的寒气会把我们的五脏六腑凝成一坨。狗毛皮鞋也是要带的，不然会把脚趾冻得趾甲脱落。皮帽子当然更得带了，要不，回家的时候会丢了耳朵……我们贴身穿了衬衣衬裤，外面罩了绒衣绒裤，再外面裹着棉衣棉裤，然后披上皮大衣，每个人的体积都比平日增大百分之七十以上，走路的时候像一座毛皮小山在移动。

相比之下，住的问题反倒比较简单。每人带一件塑胶雨衣，它的边上有一排纽扣，我以前一直不知是干什么用的，此次经人指教，才知道可以和另外一件雨衣结成一块巨大的篷布，搭一座简易帐篷。每人还要带一把行军锹，到了宿营地，在冰上挖洞，然后把锹把儿埋在里面，就成了帐篷的支柱。

没想到在这个简单的环节上出了问题，因为是两个人合住帐篷，睡觉的时候为了保暖，必须头脚颠倒，打通腿。小鹿是个汗脚，谁都不愿意与她合伙，怕熏着自己。最后还是我高风亮节（谁让我是班长呢），自动表示愿和小鹿同甘苦共患难。大家私下里夸我侠肝义胆，因为小鹿的脚臭让人惨不忍闻。我解释说，其实，我也不是担子拣重的挑，只是想雪地里那么冷，我就不信小鹿的脚还敢出汗？

最后是行。果平穿戴整齐，缓缓地吃力地移出房门，过了一会儿，又像一艘航空母舰似的挪了回来，哭丧着脸道，你们猜，把咱们的全套行头穿起来，负重多少斤？

河莲说，还不得有三十斤？

果平冷笑道，想得美！改成公斤还差不多！

我们花容失色道，你的意思是我们要背着六十斤重的物品，跋涉在冰雪高原？

果平说，那还是少说了，都武装起来，只怕七十斤也打不住。

大家半信半疑说，有那么恐怖吗？

果平说，听我给你们算个细账。

她就掰着手指头，一五一十地算起来。干粮、红十字包、手枪、狼皮褥子、背包、子弹带、行军锹、备用解放鞋、雨衣……我们听到一半，就说别算了，我们信了。

听说行军的平均路程是每日 90 华里，个别日子会在 100 华里以上，最多的一天将达到 120 华里。这个数字，对平原来说也许不算什么，但在高原，足以让人胆战心惊。

我们能行吗？所有的人心里都在打鼓，可是没有人说出来。谁也不愿被人当作胆小鬼。

行军开始了。女兵和男兵一样背负着行囊，像绿色的骆驼在雪原上缓缓移动。为了预防雪盲，临出发时每人又配发了一副墨镜，透过茶色镜片，平日熟悉的风景，变成另外的嘴脸，煞是好玩。冰峰成了咖啡色，远远看去，好像巨大的巧克力冰激凌。白雪成了淡红豆沙色，使人忍不住想舔一口。至于大家的脸色，都成了非洲人的模样，嘴唇成了浓重的黑褐色，好像刚刚吃了炸酱面还没把嘴巴抹干净……

面对种种奇怪的景色，我们只有自己偷偷地笑，没法彼此交换感想。因为在高原上行军，需要全力以赴，要是你开玩笑的时候，正好一个雪坑没看见，脚下一滑，一个大马趴，大家笑的就不是你的笑话，而是你本人了。笑完了，还得千辛万苦地帮你爬起来。再说那近七十斤重的包袱，稳稳地坐在背上，把肺都压成了薄饼，膨胀不起来，使我们根本没法开怀大笑，只好把笑的念头储存起来，留着晚上空闲的时候再交流吧。

第一天是适应性行军，有100华里路程，只翻一座雪山。老兵们说，这简直和玩一样。可女兵们确实没玩过这种严酷的游戏，刚走了不到一半的路程，我们就筋疲力尽。原来为了保护女兵，把我们安排在队伍的中间部分，现在眼看着别人一步步超过我们，越走越远。最后大队人马整体越过疲惫的女兵远去，成了天边的一个黑豆样的斑点。

我们你看看我，我看看你，明白了以前从书本上看到的一个可怕的词——掉队。那就是你像一粒纽扣，从大衣上掉下来，滚到人所不知的犄角旮旯里。要是没人找到你，你就得在那个黑暗的角落待到海枯石烂。

这可怎么办？小鹿几乎要哭起来。

现在最重要的事，是赶上队伍。小如很坚决地说。

这话当然是不错了。可是，我们赶得上吗？我们为什么会掉队，不就是因为我们追不上大家的脚步吗？赶上队伍谈何容易？不但要赶上部队此刻的行军速度，还要把我们以前落下的补上。恕我悲观，我看是梦想。河莲有根有据地说。因为话太长而且很严肃，说完之后她喘个不停。

果平用手揪起背包带子，胸膛能比较自由地吸进更多氧气，说话的时候就可以带出微笑的口吻。她说，你们知道现在最重要的事是什么吗？

对于她的重复设问，我们都不理睬。太累了，你打算说什么，快说吧，别啰嗦啦！

果平只好自问自答，说，现在最重要的事，是休息啊。

乌拉！我们立刻用俄语欢呼起来，倒不是对这种语言情有独钟，主要是电影里苏联红军打胜仗的时候，都是这样表达兴奋心情的。

不管三七二十一，大家立刻倒在雪地上，大口地喘气，先把氧气吸个饱。背上的负重也不敢卸掉，因为再背妥帖很费时间。我们像蜗牛一般，脊梁枕在背包上，头仰得高高，摘下墨镜，看着蔚蓝色的天空。

黄昏已悄然来临，天空急遽地转换着颜色，从海一般清澈的蓝，逐渐加深，好像一缸靛青的染料被打碎了，没有波纹地扩散开来，整个天幕被无声无息地染成蓝宝石的颜色，透明中闪着银光。雪山反射着夕阳的余晖，勾勒出一圈虾红色的轮廓，像是华贵的绸缎织成的剪影。有一只喜马拉雅鹰凝然不动地贴在天际，使你相信在它铁一般的鹰爪下，有一股神秘的高空风，像巨掌一样轻轻托住它的翅膀。

我们要是喜马拉雅鹰就好了。大家齐声说。

可惜我们不但不是鹰，连一只最普通的麻雀也不是。我们就这样静静地躺着，感觉万古寒冰的森然阴气，像泉水一般从地心漫上来，渐渐地俘虏了我们的脚，弥漫在我们的关节，浸满了骨髓，笼罩在血液中……一种酷寒而舒适的陌生幻觉，像雾一样包裹了我们的大脑，使它变得像玻璃一般脆而晶莹。我模模糊糊地想到，为什么卖火柴的小女孩，在被冻死以前，会看到那么多美妙的景象，寒冷真是美丽而凄清的神仙世界啊！

我们躺着，手拉着手，刚开始很紧很紧，透过皮手套，可以感觉到对方的力量。但是这力量渐渐地涣散下去，骨骼松弛了，血的温度下降了，手套变得像海带一般黏滑，很快就抓不住了，只好彼此松开。我的手刚一接触到雪地，就被它吸了过去，牢牢地粘在冰上。好像手是一块生铁，地是巨大的磁石。我觉得这事有点怪，很想挣脱冰雪的引力。但是没办法，手指根本就不听指挥，它们不再属于我，已经成了绵延万里的冰山的一部分。

思维变得迟钝而漂浮，苍白无力地混乱运行着，好在一点都不痛苦，也不恐惧，有一种近乎飞翔的感觉……

你们都给我起来！

一声断喝，从天而降。我们就是再麻木，也被惊得半坐了起来。只见一彪形大汉，天神般地矗立在面前。

你是谁？我们说不出话，只是用眼光问他。

我是后勤部收容队的队长。大队人马已经到达宿营地了，到处找不到你们这几位女兵，我们就沿着来路向回找，没想到，你们在这里睡大觉！收容队长怒气冲冲地说。

我们懒洋洋地看着他，眼珠也不愿转一下。什么后勤部，什么宿营地，听不懂啦！好像是古代故事里的名词。

收容队长很有经验，知道我们已经进入冻伤的意识淡漠期，如果不马上振作起来，就会在这种迟钝的幻觉当中进入昏迷。他指挥带来的收容队员们，把我们拉起来。可是刚把这个从雪地上拉起来，那个又躺下了。把那个扶起来，这个又坐下去。雪地好像一张巨大的软垫子，极力诱惑着我们沉睡在它的怀抱。

你们还是不是兵了？简直是逃兵！要是指着你们保卫祖国，敌人都得打到家门口！人都说女兵不行，我原来还不信，今天一看，果然不错。应该把你们都开除出去，回家守着父母的热炕头……收容队长怒骂我们，滔滔不绝。

这一骂，把我们骂醒了，自尊心生长起来，神经也变得灵敏了。我们咬着牙，摇摇晃晃地站起来，好像一批女醉鬼。

快，把她们的背包卸下来！队长命令他的士兵。

几个男兵把我们的背包放到自己身上。要是平日，我们是一定不会同意的，但在夜色沉沉的雪山上，我们已没有任何反对的力量。

背包一摘走，被压扁的气管立刻膨胀起来，恢复了弹性，我们的精神得了充足气体的灌溉，立刻清醒多了。我们试着走了两步，哎呀，感觉奇妙极了，好像遍地都是弹簧，脚下生风，似乎在飞，无比轻松。

因为我们整天都是在负重七十斤以上的状态中行走，那个附加的重量已经成了身体的组成部分。现在一旦卸下，简直若腾云一般轻盈。巨大的喜悦与轻松，使我们恢复了青春的活力。

小如说，你们把我们的背包拿走了，多辛苦啊。

她是一个好心肠的女孩，无论在多么困难的情况下，首先想到别人，总觉得自己对不起别人。

收容队长不耐烦地说，快走吧。我们是男人，比你们的耐力要好多了。再说我们还有马。

我这才在黑暗中看到了几匹马。它们美丽的大眼睛闪烁着星星的光芒。

果平说，还是把红十字包和手枪还给我吧。一个是我的工作工具，一个是战士必备的武器。

听果平这么一讲，我们也纷纷要求他们归还这两样卫生兵最基本的标志。好吧，还给你们。可是你们再不许躺下。夜已经越来越深，你们若不能在午夜以前赶到宿营地，就会在雪山上冻死。收容队长严厉地说。

我们不再说什么，跟着队长快步向苍茫的远方奔去。也许是长时间的休息，的确让我们恢复了体力；也许是队长的破口大骂，使我们生出雪耻的决心；也许是甩掉背包真的使我们身轻如燕；也许是死亡近在咫尺的威胁，让我们深切地体会到生命的可贵……反正在后面的行军路程中，我们不再说三道四，而是钳闭着嘴唇，机械地迈动双脚，向前向前。

赶到宿营地的时候，已经是下半夜了。当我们看到朦胧的灯火时，几乎流出眼泪。好了，总算把你们活着带回来了。收容队长说完，“扑通”一声，差点跪在地上。要知道，为了接应我们，他几乎走了双倍的路啊。

三块糖

远处的半山坡上，有一排独立的小房子。平日总是锁着大门，大锁锈迹斑斑，叫人怀疑能否打得开。人们走过的时候，总是绕得远远的，仿佛那里潜伏着瘟疫或猛兽。

那是医院的太平间。

真想不通，汉语里为什么把和死亡有关的事，都叫作“太平”。比如，轮船上救生的太平斧，剧场里供大家逃难的太平门……好像一叫太平，再危急的事也可以化险为夷。

但人一死，的的确确是太平了。不太平的，是活着的人。

太平间躺着病死的人，基本上是独往独来。高原地广人稀，死亡的事虽然经常发生，因为总的基数小，出现的频率就不很高。一般死了人，都由值班的医生、护士负责给死人更衣。要是轮到女兵上班，男卫生员们就会说，还是我们来吧，省得你们做噩梦。

一天，边境线上发生了激烈的战事，伤亡很大。医生们都在抢救伤员，活着的毕竟比牺牲了的更重要。但尸体从前线拉回，卧在太平间，久久地不处理，也于情理不容。

领导找到我说，给女兵一个艰巨的任务。

我说，您说吧。

领导说，有一个年轻的班长，战死疆场。人手实在不够，要由你们给他更换尸衣，明晨下葬。

我说，还有谁参加？

领导说，还有政治部的一名干事，负责登记烈士的遗物等事宜。他以前处理过阵亡将士的事，有经验，你们听他的。但他身体不好，动嘴不动手，你们要多请示，多照顾他。

我咬着乱颤的牙关，说，是。心想，一个大男子汉，居然要女孩们在死人当前的时候照料他，真不知是他的耻辱还是我们的光荣。

我说，人在哪里？

领导说，干事吗？

我说，班长。

领导说，在三号。

就是说，尸体在太平间的第三间屋子。我回到宿舍，向大家传达了这个前所未有的任务，全场先是静寂了三分钟。炉子里有一块烧得正热的煤，啪地裂开了小缝，火苗从一大朵分裂成两小朵，发出丝绸抖动的声音。

我说，说话啊，现在又不是为烈士默哀的时间。

小鹿说，烈士是一位男的啦？

我说，阿里高原上的女兵都在这间屋里了，你说他是男的还是女的？

小鹿说，这个我知道。只是要给一个男青年从里到外换衣服，心里总有点那个，是不是连内裤都要换？

我说，是。他是我们的兄弟……

小鹿摆摆手说，大道理你就甭讲了，我都懂。我就权当他是一截木头好了。

果平说，比木头还是可怕多了。要知道，他死了。

小如细声说，咱们平常也不是没有在临床上接触过死人，没什么不一样的。反正都是个死，大着胆子收殓就是了。

河莲说，我看，还是有原则上的不同。病死的人，浑身是囫囵的，就算瘦得只剩下几根大筋，用医学的话讲是恶液质，毕竟五官完整。战死的人，你知道致命伤在哪里？若是在脑袋上，跟关公大老爷似的，头都没有了，或者说头虽然有，但身首异处，需要我们用丝线把脖子和脑袋缝到一起，那咱们可就有得活儿干了。

我本来胆子还大些，听河莲这样一说，毛骨悚然。可我是班长，三军不可夺帅，就狠狠地对河莲说，不得蛊惑军心！现在也不是冷兵器时代，不会出现一把大刀把头剁飞了的情况。就是战伤在头部，也不过是颅脑粉碎性骨折或大动脉断裂，头骨肯定还是在的。

果平说，哎呀我的妈呀，班长你就别讲了。血肉模糊脑浆迸裂，这比一个头叽里咕噜地滚到一边去了，还可怕。

我说，不管可怕不可怕，我们必须完成任务。最简单的一个道理就是，要是你阵亡在这荒无人烟远离亲人的地方，浑身上下沾满血和泥巴，到处是和敌人搏斗的痕迹，你愿意就这模样埋进烈士陵园吗？

小鹿最先说，我不乐意。听我奶奶说，人死的时候穿着什么衣服，到阎王老子那儿就是什么打扮。所以，人的老衣都得是最好的。我们这么小岁数就不在阳间了，更得穿得像点样子，最好仪表堂堂。

果平说，你那是迷信啊。不过，活着的人会常常梦见死去的人。要是我们穿得太破烂，家里人在梦中相见的时候，心里会难过的。

小如长叹一口气说，真到了为国捐躯的时候，别的我也顾不了，但我希望给我穿一套干净衣服，不一定是新的，但一定要有香皂味。

河莲冷笑道，人都死了，还管那些。要是我啊，生是什么样，死也是什么样，无所谓，生死如一。也省得让别人心里起腻，在这里讨论来讨论去的。一把黄土埋了，大家清静。

你很难说河莲这番话是正说还是反说，但她刺激了我们，使大家脸上滚烫起来。是啊，都是为了保卫祖国，我们从各地聚集，来到这苍茫的世界第三极。现在有一个兄弟远行了，我们不能在他生前帮他击败敌人，难道在他死后，还不能伸出手去，为他的遗体做点什么，把他打扮得漂亮些吗？

我们排着队，缓缓地向三号太平间走去。一位瘦得像竹子的干事蹲在太平间门口，低着头，好像在看蚂蚁爬。当然了，地上肯定没蚂蚁，这里高寒缺氧，蚂蚁都不肯做窝。

你是小毕班长吧？我姓朱。他伸出手说。

和朱干事握手的时候，有一种被根雕捏住的感觉。我把他左右一打量，决定称他竹干事。竹干事拿出一把钥匙，边缘粗糙锐利，几乎没人用过，递到我手里说，你把太平间的门打开。

我说，你怎么不开？

他说，我胆小。

一个男人当着一帮女孩子的面，公开承认他胆子小，你还有什么可说的？我原来只以为他是个病秧子，没想到脸皮还挺厚。我心里也吓得够呛，但当着一班人，只有挺身而出，奋勇向前。门开了。太平间的屋子并不很大，但给人阴森森的空旷感觉。地中央水泥制成的停尸台上，直挺挺地仰卧着一堆白色物体，依稀看出人的轮廓。上覆一匹宽长的白布，四角垂地，笼罩地面。我们依次走进去，围着尸床站定，默不作声，好像在瞻仰一座雪丘。

竹干事贴墙站着，保持着和尸体最大的距离，对我说，你去把蒙尸布揭开。

其实，从一进了太平间的门，我们已经没有退缩的余地了。无论如何都得把任务完成，这是铁的戒律。但是我讨厌一个男人临阵脱逃的胆怯，更甭提他还是我们之中，唯一处理过阵亡事宜的老手呢。

我反问，你干吗不去揭布？

竹干事很惊讶地说，你们领导没和你说过吗？

我说，说了。说你有经验。

他说，除了这个，就没说别的了？

我只好说，还说你动口不动手。

竹干事说，这就对了。那我现在动了口，你为什么还不动手？

我说，你是老兵，应该给新兵做个榜样。你有经验嘛！

竹干事苦笑着说，我有什么经验？不过就是处理过一次敌方死尸。那是一个三十多岁的大胡子，两条腿炸断了。原本想就那么连着衣服埋了。后来上级指示，出于革命的人道主义，还是收拾得体面些。第一步要把身上的血污洗了，开始我们用刷子刷，没想到血是刷掉了，但肉也跟着掉。不知是谁想出的法子，在尸体的脖子上套了一根绳子……

我们又怕听又想听，恐惧地盯着竹于事苍白的薄嘴唇。小鹿忍不住哆嗦着下巴问，你们是打算，把他，再吊死，一回吗？

竹干事不理这茬儿，接着说，我们在尸体的腰当间也拴了一道绳子……

河莲说，我的天，该不是要五马分尸吧？

小如掩着半边嘴说，有革命的人道主义管着呢，别瞎猜，太吓人了。

竹干事有个本事，就是你说破大天，他沉着镇定，一派大将风度，按自己的顺序走，一板一眼说下去。

我们把大胡子上下拴好，就把他沉到河里，拽着两道绳子在河岸上慢慢走。他躺在水里，被太阳晒热的水，从他身上缓缓流过，头发飘着，很悠闲的样子。我们累得够呛，像伏尔加河上苦难的纤夫。大胡子刚开始下水的时候，水是清的。过了一会儿，下游的水流渐渐地变脏了，那是大胡子身上的硝烟和火药末脱落下来。又过了一会儿，水流变红了，那是凝结的血块溶解了……

小如捂着耳朵说，竹干事，求求你，别讲了。我直恶心。

河莲兴致勃勃地说，讲，讲！真是新鲜事，从来没听过！

我从骨子里是一点也不想听这种可怕的经历的。可我知道，当一个女兵，必要的时候要有铁石心肠。竹干事看起来瘦弱，意志却很顽强，才不在乎你是不是恶心欲吐，坚持按自己的想法行事。

……等到河水再次变清的时候，我们就把大胡子拉到岸上，平放在岩石上……竹干事依旧平静地叙述着。

大胡子的肚子是不是胀得像个鼓？河莲嘟起自己的腮帮，好像自己也被人按到水里，淹了个半死。

没有。溺水的人腹胀如鼓，那是因为在水中挣扎，把太多的水灌入胃里。或死后尸身腐败，产生气体所致。大胡子是死后入水，牙关紧闭，肚子里没进水。再说，我们很快把他从水中拖出来，他也来不及腐败。竹干事很科学地解释。

可他总会有一点变化的。就像我们在水里洗衣服，时间长了，手指肚也会泡得发白。果平很有点打破砂锅问到底的英雄气概。女孩子好像有个通病，越可怕的东西越好奇。

竹干事有些惊异地说，你有经验，猜得很对。大胡子被流动的河水洗得很干净，皮肤稍微有一点肿，这使他看起来比我们刚认识他的时候，胖了一点。我和我的战友们坐在河滩的巨石上，谁也不说话，抽着烟，静静地等着呼啸的山风和西斜的太阳，把大胡子吹干。突然，我的战友站起来，走到大胡子身边，把一支点燃的香烟塞到他手里。我说，这是干什么？战友说，我刚才拖他的时候，看到他右手的食指和中指肤色很黄，说明他是一个老烟鬼。他躺着看着咱俩吸烟，一定眼红得不行。给他解解馋吧。

我看着袅袅的烟气，像风车一样，在大胡子胸前绕啊绕……

后来呢？我们几乎异口同声地问。

没有什么后来。竹干事说。后来大胡子被风吹干了，衣服和脸都很干净，只要不看他的膝盖以下，像一个旅游时睡着了的异国人。我们给他的遗体照了相，按照他们的风俗，用白布裹起来妥善地安葬了。每一步处理都照了相。听说这些相片都在外交部的铁匣子里放着，作为曾经发生的历史，保存着。

屋里很安静。好像大家都消失在空气里了。许久后，小如说，我以后再也不喝狮泉河的水了，它洗过死人。

竹干事说，你尽管喝水就是。洗过死人的狮泉河水，早就流进印度洋，只怕现在都到北冰洋里打漩涡了。

河莲最先从故事中苏醒，说，竹干事，你既然这么有实践经验，为什么非要我们班长揭开盖布，何不身先士卒？

竹干事说，你以为我不想在女孩子面前表现英雄气概？只是从那次以后，一碰到和死人有关的事，我就骤发心动过速，吃什么药也不管事，真气死人。也不是害怕，我当时不害怕，以后也不害怕。但是我脑子不怕，心却不争气。战友们都知道我这毛病，凡是和后事沾边的活儿，一概不让我参加。这次战事较大，大家都很忙，是我主动要求处理尸首的。这会儿心跳已经像锣鼓点了。我就不亲自动手了，请诸位娘子军原谅。

我们表示了充分的理解。只是河莲嘟囔了一句，竹干事，可惜了。你这个样子，恐怕当将军无望了。

我义不容辞地走上前去，揭开了尸床上的盖布。我的动作很大，想象中，那布该是冷重如山。不想白布像云一般，飘然飞起，在半空中平平地伸展开，好像被一股神奇之气横托着，久久才悠然而落。一名年轻士兵的脸，像新月一样，洁白光滑地对着天花板，静静地躺在水泥床上，眼皮微睁，蝌蚪般漆黑的瞳仁，稍微倾斜地看着我们。

悚然震惊！

在揭开这块布之前，虽然他明明就在我们身边，我们下意识里以为他未必真的存在。揭开这块布以后，他以极大的威严君临一切，不存在的是我们。

他穿着很整齐的棉军装，只是腰间有些臃肿，好像揣了几颗手雷。其他部位严谨利落，并无血迹，一时间竟看不出伤处所在。脸如同大理石雕刻，因为失去了热血灌注，就像高大的乔木在冬季落尽叶子，线条刚硬简洁。嘴唇的曲线因为死前的痛苦与坚忍，略有弯曲，好像有一句很重要的话，封闭在紧咬的牙关之后。他的手很规矩地半握着拳，紧贴着裤线安放着，似乎准备随时收起肘关节，取胸前半端位，唰唰摆动起来，应和着口令开始跑步。

竹干事挤在墙角嘶哑着嗓子说，先找到伤口，然后清洗。然后给他穿上新军装。旧衣服里面的每一件遗物，都要告诉我，我好做登记。如果有钱什么的，更要保存好，以便交给家属。

我们无声地点点头，表示明白了。

我轻轻地走到班长面前，解开了他棉衣的扣子。那些圆滑的塑料扣子，因为一直在冰冷的太平间里沉浸着，摸在手里，如同机器制造的冰雹。我的手指不一会儿就冻僵了，解得很慢，大家凑过来要给我帮忙。我说，河莲站对面，暂时有我们两人就够了。别的人听我指挥，需要什么东西，你们好去找。

我知道给死人脱衣穿衣，比给活人做这套动作麻烦多了。本来只以为他不会配合，操作者多费点力气就是，干起来才明白，生死这道分水岭，把简单的事变成了一道天大的难题。

上衣扣子解开后，局势开始明朗。腰间的膨出更加明显，暴露出白色的三角巾，那里必是致命的伤口所在。三角巾其实完全不能再称为白色，它被鲜血染成通红之后又凝结为深咖啡色，坚硬干燥，像一块巨大的巧克力板。

我企图把它解开，马上发现是痴心妄想。血液凝固再加冷冻，强度赛过钢板。我头也不抬地问，腹部缠着浸满陈血的三角巾，解不开，怎么办?

我知道竹干事在远处密切注视着事态的进程，以他的经验，随时准备答疑解难。

先把情况搞清楚。竹干事指示。

我观察了一下三角巾，因是战友匆忙包扎，不似专业医务人员规范，有的地方紧，有的地方松。我把手指探到血绷带之下，艰难地暗中摸索。先是在腹部正面触到半个圆滚滚的东西，好像是老式的台灯罩，然后又在它的四周摸到一摊腻滑的东西，好像是盘起来的电缆。经过卫生员训练，我对人的肚子部位大致该有什么，已是心里有数，但对这摊物件，实在想不出是什么，颇感莫名其妙。

看我愣着发呆，竹干事说，摸着什么啦?

我说，不知道。硬，滑，圆，一缕一缕的……

那是肠子。竹干事说。

我结巴着说，在……哪儿？肠……子?

就在你手底下。竹干事把头扭向一侧，不看我，盯着太平间洁白无瑕的墙壁说。

我说，你也没见，怎么知道?

竹干事说，这就是老兵和新兵的不同、干部和战士的区别。咱们吃军粮的年头还不一样呢。子弹击中了这小伙子的肚子，肠子流了出来……就这样。很简单。

既然确定是腹部外伤，伤处就是清洁处理的主要部位。再像挖巷道那样，把手探进去作业肯定不成，需要把三角巾取下来。

拿剪子。我吩咐道。

小鹿说，拿哪种剪子呢？

我们每个人只有巴掌大的旅行剪刀，平常剪个补丁什么的，还可凑合。对付这种血染的绷带，简直是头发丝系轮船，力不从心。炊事班还有几把抠鱼鳃破鱼肚的大铁剪刀，用于烈士身体显然不敬。我略一思索，转而对果平说，去，把手术室的剪刀拿来。

按说我一个小兵，没权私自把手术室的装备带到太平间。但县官不如现管，果平是手术室的护士，我是她的班长，调把剪刀出来，还不手到擒来？

果平跑出又跑进，把锋利的手术剪刀递我说，给。

我操刀就剪，原以为必然势如破竹，没想到，不锈钢的剪刀只把血纱布豁开一个小切口，就再也推不动了。好像用刮胡刀片切西瓜，深入不下去。

我埋怨果平，你这剪刀也太钝了。

果平委屈地说，我特地挑了把新的呀！

我说，那就换大号的手术刀。

果平刚要再跑，竹干事说，刀也不一定行。手术器械都是给活人准备的，自然以小巧精确为上。对付死人，又是血又是泥的，搅到一块儿，比混凝土还结实，好比是秀才遇见兵，没用。人已经死了，就不必考虑那么多了，用锯吧。

我对小如说，你到木工房去一趟，借把锯来。

小如说，他们那儿正赶做棺材哪，不一定借得出来。

我说，就一会儿，跟他们说点好话。再说了，咱们这儿要是不给烈士穿好衣服，他们的棺材里躺谁啊！

小如拔腿走，竹干事说，顺便再借个木匠来。

小如说，干什么啊？

竹干事说，谁能使锯子？你们还是我？我是会，可这会儿我的心跳已经一百八十下了，没法干活。也许我官僚，调查研究不够，你们这里还有女木匠？

河莲鼓了鼓嘴巴。我知她老爹是将军，指挥打仗可能有遗传，但木匠肯定没练过，把嘴鼓成蛤蟆也没用。

小如说，借借试试。但锯子有百分之八十的准头，木匠只有百分之二十的把握。

竹干事说，你先去。木匠如果不来，我就带着枪去请。

这事就算商量妥了，没想到河莲说，用人工多慢啊，用电锯多好啊。

我没好气地说，到哪儿找电锯？

河莲胸有成竹，说手术室就有电动骨科锯。

果平说，哎呀，我倒忘了，真是有的。只是平时极少用，只有截肢的时候才拿出来。河莲，你眼里真有东西，连我这个手术室护士都没想到。

河莲说，你忘了我曾在手术室代过几天班？你的家当都印在我的脑瓜里了。随时留心地形地物和一切地面设施的分布与功能，是一个优秀军人必不可少的素养……

我打断她说，河莲，那你会用电锯吗？

河莲做出不好意思的模样说，真叫你猜着了，我偷着练过，还真能凑合着用。

果平惊道，你本事可真大，就差没偷着给自己开刀了吧？

河莲惭愧地说，我用锯没有师傅指点，按照书上写的自己摸索，操作不一定正规，也算是自学成才。

果平取回骨科电锯，寒光闪闪，令人生畏。河莲接过来，对着烈士说了一句，大哥，我自知手艺不精，可事到临头，只有我为您做这件事了。您就多担待着点吧。我呢，手下也悠着点劲。好在您那么重的伤都忍了，这会儿感觉也不灵敏，熬一熬，马上就过去了。您要没什么意见，咱这就开始了。

我们扭过头看看尸床上的班长。千真万确，我们都看见他眨了一下眼睛。

河莲说完，操着电锯，接上电源，跃马横刀，就在血板上操练起来。电锯发出喑哑的噪音，像一头沉闷的野兽在呜咽。布三角巾的纤维应声断裂，沿着锯口的边缘卷曲起来，每根布毛的外周都是暗褐色的，但血未能浸透的内芯，还保持着布的本色，好像一种外红内白的奇异羊毛，被一根根扯断了。

机械化就是比手工快得多，片刻工夫，血板像断裂的盔甲，碎为两瓣。河莲放下电锯，用力一掰，血板就像散了桶箍的木板，向两侧打开。班长神秘的腹部，暴露在众人眼前。

真相大白。

他的下腹部是一个触目惊心的大弹孔，肠子汹涌地流出来。急救时，战友们用一个大号军用饭碗扣在肠管上面。碗口罩不住，长长的肠子就盘在碗的四周，好像水泥管子上头盖了一顶小草帽。

竹干事远远地看了一眼，闭着眼睛说，把碗取下来，把肠子塞回去。

这无疑是正确的。但人的肠子流出来容易，塞回去可不那么简单。首先是碗取不下来。它和肠子紧密粘成牢不可破的一坨，好像埋藏了千万年的化石。

当然，可以再用刀锯之类，强行把碗取下。但无论怎样小心，都会伤了班长的肠子。哪里能忍心让战友再受伤害！

我们盯着竹干事，等他拿主意。

竹干事眯缝着眼，似看非看地朝着这边，想必也在发愁。

点火！竹干事说。

烧哪儿？我们齐声问。

当然是烧炉子！莫非你们还想把房给烧了？竹干事火了。

太平间里是没有炉子的。当初盖屋的时候，设计者一定想死人不需要保暖。今天为了让凝固的肠子和饭碗分开，必须加热太平间。

搬炉子架烟囱来不及，我们分头从别处找来几个炭盆，把燃烧的红柳根放进去，围着尸床摆了一圈。旗帜般的火苗在盆里欢快地跳跃着，由于冷热空气的剧烈对流，火舌会突然冲出盆子的上空，互相勾引着，在一个极短的瞬间，在空气中融成不规则的火环。然后又气急败坏地分开，独自很有弹性地跳动着，给屋里带来春天的气息。静卧着的班长的头发被气流吹开，惨白的脸庞反射着金粉色的光辉。

等待。等待铁和血的分离。许久，许久。我们默不作声，在死去的人周围架起火焰，让人有一种宗教般的感悟，说不出话来。竹干事似乎受不了压抑的气氛，到屋外换气。

有滴答的血水从尸床上流下。河莲用手轻轻一拔，碗就取掉了。

我们都倒抽了一口冷气。没了饭碗的掩饰，致命的伤口更加狰狞可怖。血肉横飞不说，透过肠子的缝隙，依稀看得到尸床的水泥板。

腹部贯通伤！河莲叫起来。

更可怕的还在后面。班长正面的伤口很吓人，背部的枪眼却很小。敌人丧心病狂地使用了国际上禁用的汤姆弹，炸出了巨大的创面。

河莲严峻地说，班长，你知道这说明了什么？

我茫然地说，说明了敌人很残暴。还说明什么呢？

河莲愤怒地说，还说明了子弹是从背部射入的，说明在战斗中，这位班长是用脊梁骨对着敌人，也就是说，他是——逃兵！

这怎么可能？一时间，我们呆若木鸡，赶快用眼睛搜寻竹干事，他领着一个圆圆脸的小兵，正好迈进门。

这是和班长烈士一起参加战斗的战士，让他给你们讲讲经过吧。竹干事看着地面说。

圆圆脸听到了河莲最后的话，怒火冲天地说，谁说我们班长是逃兵，谁就是敌人的奸细……

我们当然知道河莲不是奸细了，但圆圆脸的心情也可理解。听他讲完，我们才知道子弹为什么从背后击中年轻的班长。

在边界上活动的叛匪，极端剽悍骁勇。他们奉行一种打得赢就抢、打不赢就跑的策略，经常从国境的那一端武装回窜，见了老百姓的牛羊就抢，然后一声呼哨，流窜回那边，围着篝火烤着抢来的羊腿，吃个一醉方休。待到羊腿吃光，舔舔嘴唇，他们又开始策划下一轮的抢劫了。

老百姓遇难，首先想到的是找边防军。这一天，有人报告，叛匪又来了，抢了牛羊，正在向格乐山口逃窜。边防军兵分几路，向格乐方向飞驰，力争在国境线的这一面，把敌人堵截住，把老百姓的牛羊救下。

我和班长一路，我们跑得最快，班长做梦都想立功。圆圆脸说。

前面是一座高山，有一个山口。我们骑着马，旋风一般向前冲去。马上就要到山顶了，按照常规，应该下马，匍匐前进，侦察好前面的情况，再继续追击。可是班长求胜心切，怕敌人赶在我们前面撤回国境那边，就大叫了一声，同志们，跟我冲啊！第一个飞上了山顶。叛匪多么老奸巨猾，他们算定了边防军一定会拼命堵截，就事先在路上埋伏好了，把枪口的准星和山顶对成了一条线，只待我们的人马一出现，就开枪阻击。在平常的电影和小说里，都是我们打鬼子的埋伏，其实，敌人也会这一套，也能给我们布个口袋阵。班长骑着马，冲上顶峰的那一瞬，我正好在班长旁边，稍靠后一点。班长英武极了，背后是雪原，像是天兵天将。没想到，就在这一秒钟，敌人的枪声响了……他们都是惯匪，加上又有准备，枪法很好，第一枪就击中了班长的马眼。那马眼珠迸裂，一声嘶鸣，痛得腾空跳了起来，疯狂地掉转了身子……正在这时，敌人的第二枪赶到了，他瞄的是班长的胸膛，由于战马飞腾而起，转了一百八十度的圈，这发子弹就从班长的背后射入，把肚子炸开了。

我们慌了，眼见得班长的肠子像绳子一样地掉出来。我们喊，班长班长……班长说，喊什么，没见过人肠子，还没见过猪肠子吗！他一边把掉出来的肠子往伤口里送，一边说，别管我！快打敌人！我们立刻开始了还击，把子弹像泼凉水一般地洒过去。叛匪看势头不好，就甩下被打死的同伙和抢来的牛羊，缩回到国境那边。

我们围着班长，他的肠子送回去一部分，还剩一些塞不进去。人的肚子也像箱子似的，有的时候，你要是把东西都翻出来，再放就盛不下了。不知是谁想起，战地救护手册上写过，碰到肠子流出来，要用一个干净的碗扣在上面。我就把饭碗拿出来，那个碗就是我的……圆圆脸指指炭盆旁的大号军用饭碗。

……一个战友撕开了急救包，把班长的肚子包扎起来。班长说，战斗很漂亮啊，除了我，你们都可以立功。我们说，班长，头功是你的。班长说，我口渴……到处都是雪，因为追击紧张，我们都没带水壶，这时就用嘴巴含了雪，化成水，喂给班长……班长的血流个不止，地下成了一片红雪。班长刚开始还能咽下我们的水，但过了一会儿，牙关就越来越紧，雪水也喂不进了。我们吓得不行，有几个人就掉眼泪。班长说，别哭，战士可以流血，不能流泪……我好想家里的人啊……话没完，人就不行了……

圆圆脸说到这儿，泪流满面。

河莲说，合着你们班长连一个敌人也没打死，整个是壮志未酬。没点军事头脑，死得没价值，冤枉啊。

圆圆脸说，不许你这么说我们班长。他只比我大一岁，也没上过军事院校，看过唯一讲兵法的书，就是《水浒》。他用命告诉我们，让我们都记住了，打仗会流血。

河莲说，干什么都会流血。

圆圆脸愤愤地说，你们躲在后方，流什么血！

一句话把大家噎得哑口无言。竹干事有气无力地说，分工不同。你去让后勤部把新衣服送来，记着要比你们班长平日穿的大一号，帽子要大两号，鞋要大三号。

圆圆脸走了。大家说，下一步干什么？

我说，把班长全身的旧衣服都换下来。

竹干事说，对。可以用电锯，但记着别把衣服的兜锯破，一会儿还得清点遗物。

河莲很乐意干这活儿，电锯忙碌不停，好像在锯一棵古树。棉衣锯开了，棉裤锯开了，绒衣锯开了，绒裤锯开了……卸下的衣服堆在墙角，支离破碎。

班长现在像个婴儿一样无牵无挂地躺着，我们开始为他洗澡。我们用新的毛巾，泡在温水里，轻轻绞干，很仔细地给他洗脸擦身。

把班长像件瓷器一般洗干净，新衣服也送来了。穿衣的时候，我们遇到了今天以来最大的困难。新衣服不像旧衣服，可以一毁了事，必得整整齐齐、妥妥帖帖套在死人身上。人又不是木板，你说怎么穿？

裤子还好说，我们搬起他的腿，托着他的腰，费了九牛二虎之力，总算穿上了。那一堆肠子不好处理，塞不进去又不能耷拉着。大家就把地上的瓷碗又捡了起来，盖在肠子上，用绷带绑好。除了小伙子的肚子看起来有些大腹便便，基本上说得过去。

关键在上衣。好不容易穿上一只袖子，那一只无论如何都穿不上。班长的胳膊硬如铁棒，完全不会打弯。

给死人穿衣服，是不能一只袖子单穿的，必须扶他坐起来，把他的两只胳膊一齐向后伸展，就像我们平日上双杠做预备动作似的，同时往后悠，两人齐努力，衣服才能穿上。竹干事萎靡不振，声音小得像马蜂嗡嗡，幸好还清楚。

虽说我们和烈士班长相处已经有一段时间了，但一想到要扶他坐起，还是让人不寒而栗。小鹿说，我还是在前面压着他的腿吧，省得他一下坐不稳了，摔到床下。

大家都觉得她有点担子拣轻的挑的意思，可一想她最小，就拉倒了。

河莲主动说，我在后面扶着。你们给他穿衣服，动作要快点，时间长了，我可坚持不了。

竹干事有气无力地说，他怎么也是个小伙子，你是小姑娘。他的分量有你两个沉，要是撑不住了，我帮你。

河莲说，没事。万一顶不住，我就坐到水泥台子上，和他背靠背。小时候玩翻饼烙饼的游戏，都这么来着。

竹干事叹道，好样的。你这丫头有勇有谋，以后能当团长。

河莲说，团长算什么？官太小了，我起码要当到军长。

大家说着，颤颤巍巍地把班长扶坐起来。那张原本已经看熟的脸，一旦从躺着变成立着，又使人震惊一次。班长的身后，由于积血形成大片尸斑，全是怪异的深蓝色。他的手向后伸的时候，胳膊也是半只白半只青，煞是恐怖。

我们给他穿上本白色的士兵衬衣，把不祥的蓝色遮盖住，然后是绒衣和棉衣。待到一切收拾完毕，我们已累得汗流浃背。

班长重新睡下时，身着崭新的军装，除了腰带处有点窝囊，其余精干无比。但是我们在给他穿鞋子戴帽子的时候，困难重重。虽然竹干事未雨绸缪加大了尺码，但班长的头和脚都肿胀了，帽子戴不下，鞋子穿不上。

怎么办？我们只有再次请示竹干事。

用剪子。竹干事说。

剪哪儿？我们不知底细。

剪帽子的后面和鞋的两侧，但要伪装好，让人从正面看不出来。竹干事捂着胸口，支撑着说。

我们照章办理，总算收拾就绪。现在，一个军容整齐的小伙子，微闭着眼，英俊潇洒地躺在我们面前，好似胜仗之后在树下小憩。

啊啊，总算干完啦！如释重负的我们禁不住有点小声欢呼起来。当然，当着烈士遗体欢呼，很不礼貌，但死亡既已无可挽回，年轻的士兵，此刻必然也满心希望以最整洁优雅的形象告别人间，大概也会原谅我们。

竹干事用眼光命令我们把白布蒙上。他认为只有和烈士隔开，我们才有权大声喧哗。我对他说，你要是不舒服，就去休息。剩下的事，我们能干。我冲着破碎的旧衣服努了努嘴，心想，不就是抱出去烧掉吗？

竹干事说，剩下的事，你可干不了，那是我的正经项目。

说完，他掏出一个文件夹，摊开后说，你们谁给我找个凳子来？

烈士躺着，竹干事坐着，我们开始清点并记录军衣兜里的遗物。

钢笔一支。英雄牌，黑色老式。河莲像饭馆里跑堂的小伙计，拉长嗓门报着。

伤湿止痛膏两贴，啊，不对。是一贴半。有一面已经揭掉用了。小如轻声说，刚才我给他擦身的时候，在左膝盖看到那半贴了。想不到年纪轻轻的，就得了关节炎。

竹干事不喜欢婆婆妈妈，说，关节炎是高原病，和年纪没关系。谁都能得，比如你，比如我。接着干活吧。

小鹿高声叫起来，说，哈！你们猜，我在他兜里翻出了啥？

竹干事说，大惊小怪什么？一个当兵的，能有啥？肯定没存折。

小鹿不理他，继续兴致勃勃地说，是糖啊。三块真正的水果糖，和发给我们的一模一样的水果糖。

小鹿的手心里，托着几块包着草绿色糖纸的水果糖。摩擦久了，翘起的糖纸几乎掉光，椭圆形的糖块沾着斑斑点点的绿色，好像池塘里的小乌龟。

竹干事放下笔说，这就不必记了。都是军需发的大路货，没什么特别的价值。家属也不一定需要。

看着那三块糖，我突然热泪盈眶。在这之前，我一直无法把死去的班长当成一个曾经活过的人，尽管他在我身边，我仍觉得他是幻影，一切都不真实。但这一瞬，我明白他曾是一个活生生的人，像我一样爱吃糖。我被刻骨的悲伤击中。

在高原上，凡是外出，可能遭遇种种意外。飓风、雪崩、饥饿、酷寒……要想生存下去，你必须要有热量。糖就是最好的热能，所以，每逢有人走进风雪，叮嘱的最后一句话定是——你带上几块糖了吗？

糖，在某些时候，就是生命啊。

这几块糖，是班长临出发的时候，装入口袋的。哦，也许不是这一次，从糖的磨损和任务的紧急程度看，估计是早已放在身边的陈物。糖，是高原的护身符，班长放入这糖的时候，一定是满怀生的渴望。此刻，糖仍在，生命已悄然远去。这几块糖，寄托了班长对生命的眷恋，怎能说没有特别的价值！

我对竹干事说，留着这几块糖吧。送给他的爸爸妈妈，这上面有烈士最后的手印。

竹干事说，女孩子就是事多，多愁善感。

但他还是很给我面子，在登记簿上歪歪扭扭地记下：军用水果糖三颗。

还有吗？竹干事问。

没有了。我们齐声回答。

没钱吗？竹干事追问。

没有。我们万分肯定地回答。

一分也没有吗？竹干事继续问。他倒不是不相信我们，因为事关烈士的遗产，必得一清二楚。

一分钱也没有。我们斩钉截铁地回答。河莲小声嘀咕，山上一千公里内没有人烟，哪儿有商店？倒是想用钱买氧气，可谁卖给你啊。

竹干事假装什么都没听见，走到破烂的碎军衣堆前，说，我还得亲自检查一遍，这是规矩。他一块块碎布细细捏着，好像哨兵在搜查敌军的情报。最后拿起一件衬衣的残骸，说这里面有个小兜，你们看了没有？

果平说，没看。那个兜有什么用？装了东西，磨得胸前痛。

竹干事冷冷地说，那是女人。男人总是把最心爱的东西藏在这里。说着，他从衬衣的布条里，抽出一个牛皮纸信封。

我们惊骇莫名，看着竹干事打开信封，他突然扑哧一声笑了。我们这才敢围拢过去，端详信封中的东西。

一张四寸大小的彩色照片，花红柳绿一个乡下妞，露着不整齐的白牙，很忸怩地看着我们。

这是班长他姐吧？要不是他妹？可是怎么长得不大像？河莲自语着，顺手还掀开白布单，朝烈士脸上瞄了两眼。

竹干事说，你这个姑娘，一阵聪明一阵傻。有把姐妹的照片这么贴心摆着的吗？依我的经验，肯定是未婚妻。

未婚妻？我们惊叫着，又像铁桶一般围过去，火眼金睛地将那女子看了个彻底。小鹿捂着嘴说，嘻嘻，长得可真难看！

不知是乡下的摄影师水平太差，还是这女子貌不上相，反正从照片上看：眉毛粗重，鼻梁塌扁，嘴唇阔大，牙列不齐。全脸唯一可夸奖的是眼睛，大而圆，有一种猫一般的灵光。

我们之中相貌最好的小如，倒还比较宽容，说，她笑得挺开心啊。

果平说，这照相馆的手艺也太次了，把人脸涂得像猴脸。

照片原是黑白的，为了好看，那女子特地上了颜色。乡下的摄影师用水彩颜料乱涂一气，脸色赤若夕阳，红色还描到脸的轮廓以外，像打碎了红墨水瓶，洇得到处都是。

小鹿说，我看班长挺漂亮的小伙儿，怎么找这么一个困难户啊？还把她当宝贝，揣在离心脏最近的地方。真是眼神不济啊！

放肆！竹干事火了，说，她是谁？你们以为是普通的乡下姑娘啊？她是烈士的心上人，是烈士的遗属。现在她还不知道班长的死讯。要是知道了，还不得哭得天昏地暗！你们拿她开心，对得起良心吗？

我们原也没想那么多，只是看着一张可笑的照片，就笑起来。女孩子总是这样的，一件并不可笑的事，只要有一个人开始笑，大家就跟着凑热闹，笑上半天。经竹干事这么一说，问题有些严重。想象那照片上的长着猫眼的姑娘，过不了多久就会悲痛欲绝，我们顿时抱愧无比，大家都低下了头。竹干事看我们蔫了，又安慰我们说，好了，总的说来，你们今天的表现还是不错的。班长虽说没轮上和自己的未婚妻告别，有你们这么多姑娘给他送行，心里也该知足了。

竹干事说着，在遗物登记簿上规规矩矩地写下：亲人照片一张。他又把堆在地上的碎衣物，像捡破烂的老汉一样，根根梢梢翻了个遍，每个衣角都用大拇指和食指对着捻一回，看藏没藏着东西，直到万无一失。

好了，我们可以撤了。竹干事合上登记簿，疲惫已极地说。他把钢笔和伤湿止痛膏细致地包好，照片也用白纸夹起来。只是把军用水果糖丢在墙角，说，这个就算了吧。转送家属，吃又吃不得，留着还挺伤心，不如眼不见为净。

糖块叽里咕噜地滚着，刚开始声音很脆，好像玻璃弹球在找坑，渐渐地就不怎么响了，太平间地上积满尘土，它们保证已脏得发不出动静了。

我们缓缓地往外走，小如突然停了脚，说，竹干事，有一句话，我不知当说不当说。

快走到门前的竹干事，简短地回答，说。

小如说，竹干事，把相片还给班长吧。

我们一时没明白，但是我们马上就明白了。小如接着说，照片带回去，还给谁呢？给那个姑娘，她会难过死的。他的父母也会难过的，她本来会是他们的儿媳妇，可是以后永远不会是了。最难过的还是班长，他那么心爱的东西被拿走了，永不还他。照片被不认识的人传着看，代为保管，他会不乐意的……

我们被小如的话感动，双脚牢牢地站在地上，用这个姿势告诉竹干事，要是他不答应小如的请求，我们就不离开太平间了。

竹干事什么也没说，从纸夹里抽出红脸姑娘的照片，递到小如手里。我们一道走到白如雪峰的尸床前，小如轻轻地揭开白布。班长向上扬起的眉毛是微笑模样，好像在睡梦中赞同我们的主张。我们轻轻地把他的衣扣解开，把照片平平整整地插进他左胸前的衬衣口袋。我看到那张照片有节奏地起伏着，班长年轻的心在托着它跳动。

我们走出太平间，好像在里面待了一百年，山川河流都有了很大的改变。天变低了，云变重了，太阳是多角形的，雪山也变黑了。竹干事冲我们扬扬细瘦的胳膊，说，再见了，女兵们。但愿有一天我阵亡的时候，还能由你们来为我换衣。

我们说，我们不给你换衣服，你还是好好活着，自己给自己换衣服吧。

回到宿舍，我们都拼命讲其他的事情，再也不提一个“死”字。

我趴在地上，从床底下翻自己的细软。找了半天，才从长筒靴后面找到我的宝贝盒。它是我求老兵用三个罐头盒子的铁皮，剪开打制而成。我专挑菠萝罐头盒，因为它的皮不仅结实耐用，而且都是金黄色的，精心砸制出来，好像纯金制成的万宝箱。我抱着它走到背人的角落，打开，里面是满满一盒军用水果糖。它们穿着草绿色的衣服，好像是饱满的小水雷。我一直想不通，高原部队发的糖，为什么是绿色的，难道糖纸也要伪装吗？如果战争打响了，你往嘴里塞进一块红糖纸的糖，就会被敌人发现，而绿糖纸就可安然无恙吗？

好了，不想这种节外生枝的问题了，正事要紧。我开始挑选水果糖。平日吃糖的时候，随便抓一块就是。但这一次，我苛刻已极。糖纸稍微有些残破的，颜色不鲜艳的，包括虽然外形完整，但由于被揉搓过，显出一副无精打采样子的水果糖，都毫不留情地淘汰。最后入选的种子选手，都像刚从生产流水线上跳下来的产品，容光焕发。糖块像石子一样坚硬，两端拧起的糖纸，好像小姑娘的刷子辫，舒展又漂亮。

我揣着糖果，用那把锐利的钥匙开了门，再一次走进太平间。屋子里有一种新衣服浓重的桉叶味，混合着炭盆燃烧后的袅袅烟气，好像是一片被雷电击过的热带雨林。班长安详地睡着，我附在他的耳边，轻轻说，对不起啊，再打搅一次……

我把三块水果糖小心翼翼地放在他的右裤兜里，我记得很清楚，我们正是从那个兜里取出了他的旧水果糖。我把班长的衣服重新抚平，让他睡得更舒适些，然后缓缓退出。

我感觉背后有凉风袭来。

回头一看，是竹干事。

你又来干什么？竹干事问。

我……来看看……我支吾着说。我知道像竹干事这样的老兵，将生死看得淡如烟云。把糖的事如实说出，他会笑我的。

生和死的区别，其实没有我们想象的那样大。不过是蚕蜕了一层皮。竹干事缓缓地说。

我转移话题说，那你来干什么？

竹干事说，我领着木工来装棺。

经他一说，我才看到，在不远处，一座朱红色的棺木，在几个人的肩头，宫殿一般雄伟地矗立着。

工人们开始装殓班长，棺里铺了松软的棉被。班长从水泥的台子上搬到木制的小屋，一定会感觉暖和些的。

竹干事对我说，不必遮遮掩掩，我都看到了。他以后没有机会吃糖的。

我说，才不对呢。我相信在一个春天的晚上，天上有着圆圆的月亮，班长定会和他相片上的未婚妻，在烈士陵园的台阶上相会，每人嘴里含着一块糖。

特殊摄影师

女孩子都喜欢照相。哪怕是最丑的姑娘，也会在青春年华，偷偷地留下倩影，没人的时候反复端详，找出面容上最经看的部分，为自己鼓劲。而且相片这东西还有一个特点，就是拍照的当时，你基本上都不满足，不中意，随着时间的流淌，逝去的时光变得越来越宝贵，你就后悔当初为什么不多照一些相片了。

高原上的女兵，对照相这件事的认识，一直很清醒——就是抓紧一切可能时机，尽可能多地留下照片。倒不是有什么先见之明，想到在白发苍苍的时候，可以指着自己早年间的照片，瘪着没牙的嘴，对小孙女说，看，奶奶当年也有英姿勃发的时候，怎么样，很靓的吧……主要是我们兵龄不长，穿上这种新服装的样子，自己还没有欣赏够，就被运到了雪山上。家里人、同学、老师、朋友、亲戚等，跟在屁股后面要你寄照片回去给他们看看，要是久久寄不到，简直会被怀疑你这个兵是个冒牌货。照相成了当务之急。再说周围的景色，实在是太像火星了，寸草不生的岩石，给人一种自己是宇宙人的感觉，我们也急不可耐地想让远方的人一同欣赏和惊讶。

到达高原，我首先知道了女厕所和食堂的方位后，第二个急需打听的问题就是：照相馆在什么地方？

接受我询问的是个小伙子，个子高大，相貌英俊，缺陷是脸色有些苍白。自我介绍姓胡，是个技士。我想应该是问对了人，老头有可能不知道照相馆的位置，而这模样的同龄人，对此必会了如指掌。

胡技士很惊奇地看着我，好像我问他的不是一处平常所在，而是赌场或是火箭发射塔，停了一会儿才说，这里不是平原，没有照相馆。

我说，怎么会？雪山上这么多兵，远方的家里人就不想知道自己的孩子变成什么样了吗？就是他们自己不想照，家里人也会催个不停。

胡技士说，雪山上的兵并不像你想的那样多。就算每个人每年照一张相，照相馆也没多少生意。摄影师会饿死。

我说，我，还有我的战友，就是说所有的女兵，一年每人最少会照十张相。

胡技士冷笑起来说，就算你们每人一年照一百张相，也没用。你们才几个人！

我说，还有你们嘛。人多力量大。

胡技士说，我两年才照一张相。主要用途是相亲的时候，家里人给对方看一看，就足够了。剩下的事，就是省下钱来，把看过我相片的女方娶过来。

我对胡技士悲天悯人地摇摇头。在照相方面，此人实在是胸无大志，不可救药啊。

我把从胡技士处得来的情报告知女友，屋内一片哀鸣。片刻后，小鹿第一个打破悲痛的气氛，对我说，咦，你不会搞错吧？我很气愤这种明显不信任的口气，马上同胡技士站到一个立场上，说高原上只有这么些兵，就算把照遗像的概率都考虑进去（遗像每次要照很多张），摄影师也要饿个半死。

小鹿不服，说你从一个光着脚的人那里，是打听不到卖鞋的地方的。

我反驳说，既然大家都光着脚，你凭什么断定这里有鞋铺？

正吵得不可开交，小如到外面转了一圈回来，说，百闻不如一见。我有个新发现，在不远处的僻静角落，有一间小房子，上面有个牌子，写着“照相室”。

我傻了眼，说，小如，你没有骗人吧？

话刚出口，我就用手捂住嘴。小如哪里是骗人的人？再说，我从心里希望这是真的。小如并不计较我的怀疑，很诚恳地说，我也搞不清那到底是个什么地方，安静极了，也没个人可问。要不，咱们一齐去看看吧。

我们三个立刻跑出去，剩下的人等我们消息。七拐八拐，果然找到了一间孤立的小屋。千真万确，门楣上悬挂的牌子上写着——照相室。

周围很静，这里好像是被人遗忘的角落，但打扫得很干净，分明透出经常使用的痕迹。

这是一处秘密照相点。摄影师怕被人打搅，所以弄得很隐秘。小鹿很有把握地说。

小如过去敲敲门，里面一点动静也没有。小鹿说，你动作太轻，好像敲幼儿园的门。看我的！

她捏起空心拳头，直擂两页门扇的接壤处，木板的震动加上铁插销的共鸣，一时间好像闹起了小型地震。

谁啊？耐心点！正洗相呢，等一等！里面回答。

天地为证，我们几双耳朵，都清清楚楚听到了“正洗相呢”这句话。哎呀呀，踏破铁鞋无觅处，得来全不费工夫。小鹿满脸功臣神色，好像这个照相室，是她在片刻间用拳头砸出来的。小如比较有涵养，一声不响退在一边，但掩饰不住的兴奋，还是把她的嘴唇烧得更红了。她是我们之中最漂亮的女孩，自然对照相有着刻骨铭心的热爱。至于我，满脑子想的是，赶快把胡技士揪了来，让他揉着眼睛，目瞪口呆地向我们道歉。

等待中好像过了一千年，门终于沉着地打开时，我们看到了一张血色不足的脸。因为长时间在暗室里工作，摄影师眯缝着眼，一副见不得天日的样子。

揉着眼睛、目瞪口呆的人——是我——那个摄影师不是别人——正是胡技士。

我说，你怎么在这里?

他说，我怎么就不能在这里?我一直就在这里工作啊!

我火了，你说这里养不活摄影师，原来是自己在吃独食啊!

胡技士愣了片刻，好像突然明白了，说，看来我们之间有点误会，欢迎你们参观我的工作间兼暗房。

我们三个鱼贯而入，小鹿在我耳边低声说，原来你和摄影师早就通了消息，倒把别人蒙在鼓里。

我抗议道，谁知道他在这里像个特务似的潜伏着啊!

屋里很黑，一盏红色的小灯，好像糖稀已经融化光了的冰糖葫芦，几乎没有光芒，只是一个稳定的红球，用朦胧的光晕勾出大家的身形。地板当中摆着一台硕大的机器，桌上有一个盛着药水的白瓷方盘，几张底片如红鱼一般泡在水里，看不清眉目。

你的机器比一般照相馆的复杂多了，照出的相一定也要漂亮得多。小鹿四处张望着说。

漂亮不敢说，比一般照相馆清晰，那是一定的。胡技士似笑非笑地回答。

只是你这墙上没什么好背景，海呀小亭子什么的，拍出来一片煞白，怪扫兴的。不过，也凑合啦，主要是把人物表情拍好就成。不知道你手艺如何？小鹿很内行地评点着。

红灯下，胡技士的脸红彤彤的，说，我经过正规学校三年学习，手艺应该是没问题的。

哟，光一个照相，你就学了三年，那可真是老师傅了。小如说。

胡技士的脸更红了。

我说，胡技士，你什么时候给我们照相啊？

胡技士说，我照的相，和你们平常见的相片不大一样。不过，按我的观点，一个人一生，是应该或者说是必须留下一点这种相片的。

小鹿说，我的相片的最大意义，就是要照得比我本人胖，这样我妈看到的时候就不会哭了。要不然，她一定会流着眼泪说，看，我家小鹿太瘦了，简直变成鹿脯了。

胡技士说，我能做的事就是实事求是，保证与你本人分毫不差。

小如凑到我的耳边说，我怎么觉得他这个照相馆与众不同啊？

我揣测着悄悄回答，咱们平常照相的时候，看到的就是摄影棚那一小点地方。山上房子有限，把很多后期工作的设备都挤到一起了，难怪咱们看着眼生。

小如半信半疑地不再说话。

小鹿说，今天我们好不容易找到这个地方，你是不是就百忙之中为我们了此心愿？

胡技士迟疑了一下，还是答应下来，问道，你们谁先来啊？小鹿当仁不让地说，我先来。

我说，小鹿，冲锋的时候，你也这样勇敢就好了。

我们躲到一边。小鹿站好，庞大的机器移动起来。那钢铁家伙看着蠢笨，活动还挺灵巧，按照胡技士的指挥，左旋右转，好像大象在跳舞。

好，你站好，不要动，头稍向左一点，好，就这样，屏住气，坚持一下，对……好，好了……现在我们再照一张侧面的。你的头转过来，对着墙壁……很好……好！

胡技士口中念念有词，像符咒一样，小鹿就像木偶，服从着他的摆布。不一会儿，照相结束。小鹿松弛下来，马上又痛苦地大叫，哎呀，我忘了说“茄子”了！

什么茄子？咱们这里一年无菜，不要说茄子，能有蔫萝卜吃吃就是天大的福气了。胡技士不屑地说。

不是吃的茄子，是表情。茄子会使我的嘴角微笑，你这个摄影师，也太不负责任了，为什么不提醒我注意表情呢？哼，要是照出一副哭丧相，我要你重照！小鹿不依不饶。

放心好啦，我绝不会把你照成哭丧相的。表情并不重要。胡技士很有把握地说。

轮到小如了，她按照小鹿的位置站好，很矜持地微笑着，看来想留下一副倾国倾城的玉照。没想到胡技士说，我不给你拍面部了……

小如大惊道，你难道要照我的后脑勺吗？或者说是照没有头的相？只剩脖子以下部分，那不成无头女尸了！

我说，小如你别胡说，摄影师说的是背影。小如你自己不知道，你的背影真的很好看啊。

没想到，胡技士不客气地纠正我说，不是拍背影，是拍手的特写。

轮到我们把嘴张成三个大大的“O”，齐声问，手？那有什么好拍的？不是白白糟蹋胶卷吗！

胡技士不理我和小鹿，单独对小如说，我看你哪儿都很完美，只是身高欠缺一些。拍了你的手，我就能知道你是否还有长高的希望。如果多吃些钙，可能会有帮助的。

我和小鹿大眼瞪小眼，不知该说什么。搜肠刮肚也不记得以前的照相馆是否还开展过测量身高的业务。小如的脸兴奋得比灯泡还红，她知道自己是美女，但对不足也有很清醒的认识。现在有人说能帮她，自然十分感激。

于是，小如伸出纤纤素手，按照胡技士的指挥，做出五指并拢的角度，规规矩矩照了一张手相。

好了。下一个。胡技士又恢复了淡淡的语气。

就照一张啊？小如有些不满足。

一张就足够了。胡技士不容置疑。

轮到我了。照头还是照手？我问。

胡技士从头到脚打量着我，半天不作声。我吓了一跳，心想他不会让我照一张“脚相”吧？我昨晚上忘了洗脚，万一当众亮相，在这密闭的屋子里，定是有碍大伙的鼻子。

阿弥陀佛，胡技士网开一面，说，就照一张半身的吧。大家留影完毕，小鹿说，什么时候取相？

胡技士想想说，如果没有其他特别的工作打扰，下午你们就可取相了。

小鹿说，这么快！你不收加急费吧？

胡技士说，用的都是边角料，基本上是废物利用，不收钱。只是请你们保密，不要对别人说，那样，工作量太大，我招架不了。

从那间写有“照相室”的小屋出来，我们三个乐得合不拢嘴。午饭的时候，我暗自笑了好几次，差点把饭粒呛到气管里。

下午，我们如约又到了胡技士的工作室，这回房间没上锁。我们走进去，胡技士说，正好，片子刚制作出来，效果还是不错的。

我们急不可耐地要观赏自己的尊容，忙说，请把相片给我们，到太阳底下去看。

胡技士说，还是在屋里看得比较清楚。

小鹿说，你这个屋黑得像个菜窖，要看也得把窗户打开啊。

胡技士说，那倒不必。我有特殊的灯光设备。

说着，他打开竖在桌上的灯箱，雪亮的荧光灯把一大块毛玻璃照得像半透明的冰川。胡技士拿起一张照片，往特殊的夹子上一戳，相片就镶在了玻璃上，影像顿时纤毫毕现。

首先映入眼帘的是一个骷髅头，眼眶凹陷，鼻骨高耸，嘴巴是个黑窟窿。

老天哪，这是什么？是你从坟墓里挖出来的死人头吗？小鹿惨叫起来，指甲深深地抠进我的胳膊。

这正是你的头颅正位片啊。胡技士说着，把另一张底片镶入玻璃。这次出现的影像更恐怖，是半颗惨淡的人头白骨。

不等我们缓过神来，胡技士又把一张较小的底片插上玻璃。在雪亮的灯光中，一只枯瘦如柴的手骨架像九阴白骨爪似的，五指朝天，冷冷地戳向天花板。

胡技士面向小如说，这就是你的手指骨骼图。观察骨骺融合的情况，你还很有长高的潜力。今后你多吃点钙吧。

胡技士马上又换了一张片子……不用说，那是我的半身像了。我凑过去一看，吓得闭上眼睛。从此，我算明白什么叫“形销骨立”了，骨头架子上，倾斜着摆着一列肋骨条，每一根都似巨大的丝弦，好似能奏琵琶古曲《十面埋伏》。

我们终于明白了胡技士的所谓“照相”，就是——X 光拍片。

你这不是鱼目混珠，取笑人骗人吗！小鹿怒不可遏。

我可没骗人，一开始我就说，我的相片和别人的不同。在医学术语里，X 光就是叫照相。我在医校学了三年放射专业，不信你们可以去查档案。胡技士不急不恼，含笑辩解。

可你这样的照片，我怎么能寄给妈妈？老人家还不得以为我已变成饿死鬼了？小鹿愁眉苦脸。

寄给妈妈是不妥，但自己保存很有必要。人有一张自己的骨骼图，就像拥有永不褪色的证件，无论你的外形怎样变化，骨头是不变的。比如，希特勒的尸体被烧焦了，最后确认身份，靠的就是他生前看牙病时拍的 X 光片。胡技士谆谆教导我们。

小如本来对胡技士心怀感激之情，因为他给了她一个好消息。但听到他总是谈论不祥的事情，忙说，说点别的吧。老讲这个，让我想起谋杀案来了。

胡技士说，很抱歉，让你们生出不美好的想象。但我真的非常热爱我的工作，恨不得让天下所有的人，都拍一张X光照片，留作纪念。

我说，胡技士，你的敬业精神当然很让人感动，可是我们的实际问题，并没有得到很好的解决啊。我看，你这儿洗相的家伙挺齐全的，虽说你的专业是照骨不照皮，但毕竟沾亲带故，你就给我们想想办法，拍几张正儿八经的照片吧！

大家都眼巴巴地看着他。胡技士搔搔头上的白色工作帽，说，只有一个办法，就是你们让家里人寄胶卷来，我在这里想办法借照相机，然后给你们照相。X光片和普通胶卷的冲洗过程大同小异，我努力摸索一下，估计问题不大……

小鹿打断他的话说，别光是底片啊，我要看真正的相片，布纹纸或斜光纸的……最好能放大，要是你再学会了上色，那就更棒了。

胡技士说，那还得找人买相纸、显影液、定影液、烘干机、上光机……麻烦着呢……谢谢你对我的信任。

小鹿说，艺不压人。我们愿意当你的试验品，你就好好练本事吧。

胡技士哭笑不得地说，试试吧。最好别对我寄太大的希望。

我们谢了胡技士，拿着生平最丑陋最古怪的相片回了宿舍，不敢给任何人看，自己也不敢看。尤其是夜里，烛光下，它能给人一种神秘莫测鬼魅丛生的感觉。不知她俩的留影后来如何处置，反正我把那张“琵琶精”照片偷偷给扔了。不管它在科学研究上有多大的价值，我可不想让自己一副从古墓里爬出来的模样。

至于我们的照相生涯，注定了还要有许多磨难。胡技士虽然热心，终不是专业人员，几次试验都以失败告终。他自我解嘲道，我是一个特殊的摄影师，只能拍那种深刻到骨头的照片。至于血肉丰满的形象，还是留给普通的摄影师们干吧。

在印度河上游

第一眼看到狮泉河，瞬间即被震撼。

它的河床不很宽，闲散地躺在布满红柳的沙砾滩上，好似大战后失去血色有几分苍白的蟒蛇。它的河水也不很急，泛着细碎的粼花，仿佛那受伤的蟒，正在呻吟着休养生息，以图再战。

使我惊讶的是它的纯净，水的一种至高无上的状态。当你看到一小管蒸馏水的时候，会惊讶它的透彻和洁净；当你看到一瓶蒸馏水的时候，会叹息它的清爽和工艺；当你注视着一条滚滚而来的大河，在傍晚和黎明探视它，排除阳光闪烁的金斑干扰的时候，你如同与一条通体透明的恐龙对视。洞穿它每一个漩涡的脏腑，分辨出每一块卵石的纹路，那一刻，你会感到水的至清无瑕是一种巨大的压迫与净化。

狮泉河水是由高峰上万古不化的寒冰融化而成，那时候，还没有矿泉水、太空水这样雅而商业化的称呼，我们直呼它为冰川水。在寒冷而不结冰的日子，狮泉河是温顺而峻峭的，如同一把银光闪闪的藏刀，锋利地切割着高原峡谷，蜿蜒向远。我查了地图，知道它流经国界之后，就成了大名鼎鼎的印度河，最终汇入印度洋。

我不知道它为什么叫狮泉河。问过很多人，都说，顾名思义呗，可能是狮子像泉水一样地跑过来，或者是河水像狮子一样地跑过去吧？

不论谁像谁，那狮子一定有着雪白的长长的鬃毛，跑动起来，好似雪雾掠过山巅；它愤怒的时候，吼声会引发连绵的雪崩。

在高原上阳光最充沛的日子，我们接到赴狮泉河畔抗洪的通知。我看看天，天是那种雪域特有的毛蓝色，如同“五四”后革命女生新做的旗袍，干爽平整，没有一丝乌云。太阳把亿万根金针，肆无忌惮地从高空镖射而下。我感到光芒从军装罩衣的缝隙刺进棉袄深处，使僵硬的老棉花里蕴藏的冷气，渐渐发酵酥胀。

“这样的天，怎么会发洪水呢？瞎指挥吧？”新兵的我，不知天高地厚地说。

老兵拎着铁锨，一路小跑说：“你那是平原的皇历；在高原，越是有太阳，越是发洪水。水是阳光的孩子！快走吧！”

我这才恍然大悟。在阿里，有一条特殊规律——如果连续出现几个晴空万里的日子，你就要到狮泉河防洪。

当兵的人，洗被子是个大工程，除了费力，主要是缺乏工具。每个人只有一个小脸盆，洗一件军衣就爆满，泡沫横飞；若把被子塞进去，活似大象进了茶壶，涌得皂水四溢，泛滥成灾。我提议，单是洗，就在脸盆里凑合了；投水的时候，到狮泉河去。让河水这个天大的盆，把我们的军被冲刷一净。

我们的营地距狮泉河不过百余米，不一会儿就到了。当我们兴高采烈地把军被放到狮泉河里时，立即发现失算了。狮泉河绝不是一个温顺的女仆，它躁动着，在表面上虚怀若谷的水波下，掩藏着湍烈的暗流。军被一入水中，瞬间就被水流展开，好像一堵绿色堤坝，斜着立在水里，堵住了狂放不羁的冰川之水舒展的手臂。

我们用手攥着军被，手指上感到有巨大的冲击力，好像拽着一只大风筝，随时都会凌空而起。河水愤怒地冲撞着巨帘，军被膨胀成可怕的弧形，好像风暴中就要崩裂的船帆；河水幸灾乐祸地激起漩涡，戏耍地兜着我们的军被绕圈子，好像那是它抽打的一只只翠绿陀螺。我们感到了越来越大的吸引力，狮泉河在粗暴地邀请军被和它的主人，一道共赴水中央。

“姑娘们，快松手！否则会被卷进狮泉河的！”远处有人看到了我们的危险，大声叫道。

我们置之不理。真是开玩笑！一松手，被子就被龙王爷借走了，今晚盖什么？此刻已完全不幻想狮泉河免费帮我们漂洗被子了，最要紧的是在激流中把军事财产抢救回来。于是，拼命捏住仅剩在手中的被子角儿，好似那是网绳。被子像大鱼，不安分地甩动着。手被泡得发白，指甲因为用力和寒冷，已变得青紫，渐渐地失去知觉；骨节因为负重和要命的扭转，已肿胀如镯。

眼看单凭手的力量，无法和内力深厚的河水抗衡。随着时间的推移，手指渐酥，气力越来越小，眼看就攥不住了，被角一丝丝地从指缝拔出，马上就会漂逸而去。不知是谁喊了一句："看我的！"眼瞧着她的被子就像被施了魔法，"嗖"地就脱离了险境，朝岸上卷去。我赶忙一眼瞟去，学习先进经验。原来那女孩儿跳进了岸边的浅水里，把军被缠在了腰上，下半身水淋淋的，终于控制住了局势，狮泉河再猖獗，一时也卷不动百八十斤重的人，被子就虎口脱险了。

我们都忙不迭地照此办理，不一会儿，一一化险为夷。站在岸边，抱着被子，任狮泉河水从被角和裤脚流淌不息。

赶来援救的老兵们说："我们这些汉子都不敢让狮泉河帮着洗衣服，知道它暴烈无比。你们这些女娃啊，怎么比男人还懒！"

我们把被子放进脸盆，嘻嘻哈哈地往回走。刚开始所有的脚印都是湿的，且淋漓模糊巨大无比。走过红柳滩，沙包舔走了一些水分，脚印就只剩下半截，好像一种奇怪的小兽在奔逃。大家都说，今天的被子洗得真干净！仔细端详，军被的绿色，已被激流抽打出一缕缕白痕。

狮泉河结冰，如梦如幻。

那是一日清晨，我们按照惯例，到狮泉河边出操。走着走着，就觉得异样。狮泉河寂静无声，好像已经不复存在。平日的狮泉河大智若愚，也不好喧哗，但仍有一种男低音似的轻啸，在山谷中贴着巨石回荡。我们熟悉它，就像倾听高原的呼吸，此刻，怎么一夜间就无端地沉寂了呢?!

走到河边，大惊失色。狮泉河在骤然而至的严寒中，瞬间凝固。高高的水浪腾在空中，卷起优美的弧度，僵硬如铁；周围簇拥着迸溅的水珠，若即若离，与主浪以极细的冰丝相连，好像逃婚的孤女最后回眸家园。狮泉河被酷寒在午夜杀死，然而，它英勇地保持了奔腾的身姿，一如坚守到最后一分钟的勇士；它坚守了一条大河无往而不胜的气概，只是已粉身碎骨、了无声息。

我们被骇住了！无论从黄河长江还是更冷的东北来的兵，都说从未见过这种奔腾中凝固的奇观。我怯怯地走过去，轻轻地抚摩着波浪。它冷硬尖锐、千姿百态的曲线，流畅无比，滑润若骨；浪尖绝非平日所见那般柔软，简直可以说是很锋利的，如短剑一般直指前方，切割着严寒，触之铿然有声。不一会儿，手指就像五根空中钢管，把脏腑的热气偷漏给了冰浪。那朵吸走了我体温的浪花，姿容不改，只是花心沁了一点点雾气，显出晶莹的朦胧。

是的，平原上的人，难得有机会抚摩到如此坚实的浪花，它钢筋铁骨，铮铮作响。平日我们在海边探着手指，沾了一手水，自以为抚摩浪花的时候，浪花其实早已冷漠地却步抽身了。我们摸到它蜕下的壳，至多只能算是它的背影甚至残骸了。

狮泉河的支流，是一条条自雪山而下的小溪。在温暖的季节，它们匍匐在石缝里，并没有一定的河道，肆意流窜着，好像撒欢的野鼠。下乡巡回医疗的救护车，常常会陷在这样的水流里，前进不得，后退不得，引擎徒劳地轰鸣着，在山谷中发出空旷的回声。

“姑娘们，你们到远处的岸上歇着吧。”同行的老医生边挽着袖子，边向我们挥手说。看来得下水推车了。

“我们不走，为什么要赶我们走呢？多一个人不是多一分力量吗？”我们不走，也跟着挽袖子。

“狮泉河是不喜欢女人的，所以，你们必须得走。”老医生不容置疑地命令。

没办法啊，当兵就是这个样子，每个老兵都好像你的再生父母，你必须服从。

我们几个女孩子，愤愤地向远处走去。脚都酸了，认为走得够远了（高原是很容易疲乏的），刚要停下来，一直用眼光监视着我们的老医生，大声地喊道：“不行，太近了，还得走。走得越远越好！”

我们只好沿着小溪向上游走去，走几步，停一停，直到老医生不再用声音的鞭子驱赶我们。这时回过头去，只见人已小得像苍穹下的一颗绿豆。

你们怎么推车呢？我们呆呆地看着流动的河水，天渐渐地黑下来，河水变得更加冷蓝了。

喔，原来男人们都把衣服脱下，下河推车了……我们几个女孩子，谁也不再说话，只是把手伸进黄昏的河水，感受到手指的麻木，一寸寸地从指甲向胳膊根儿处蔓延，用这种愚蠢的行为，和战友同甘共苦。也许，我们的体温会使冰冷的狮泉河水提高一点温度，当它流到下方的时候，会使推车的人，少受些寒冷？

我在西藏阿里军分区工作了十一年，狮泉河流经我的整个青年时代，它清澈澄净，洗涤着我的灵魂。

在这个物欲喧嚣的世界上，我怀念那种纯净的水。纯净而有力量，是很高的境界。复杂常常使人望而生畏，很多种因素混合在一起，叫人摸不着底细，以混浊佯作高深。我不知道狮泉河是不是世界上海拔最高的河，但我想它的透明和清澈，该是在地球上名列前茅的。当我默默地站在它的一侧，凝视着它的时候，我会感到一种伟大的包容和冲决一切的勇气。

人的精神是从哪里来的？我以为很大一部分，甚至关键性的启示，是从大自然而来。人在年轻的时候，能够和自然如此贴近，远离城市，孤独地走进大自然的怀抱，你会在一个大的恐怖之后，感到大的欣慰；你会感到一种力量，从你脚下的大地和你头上的天空，从你身边的每一棵草和每一滴水，涌进你的头发、睫毛、关节和口唇……你就强壮和智慧起来。

读书也会使我们接触到这些道理，但是，我们记不住它。大自然是温和而权威的老师，它羚羊挂角、不露声色地把伟大的关于生命和宇宙的真理，灌输给我们。

你在城市里，有形形色色的传媒，有四通八达的因特网，有权威的红头文件和名不见经传的小道消息，摩肩接踵；你几乎以为你无所不能，你了解了整个世界。但是，且慢！在人群中，你可能了解地球，但你永远无法真正逼近——什么是宇宙——这样终极的拷问。

你必得一个人和日月星辰对话，和江河湖海晤谈，和每一棵树握手，和每一株草耳鬓厮磨，你才会顿悟宇宙之大、生命之微、时间之贵、死亡之近。我以为在很年轻的时候，有机缘迫近这番道理，是一大幸运。你可以比较地眼界高远，比较地心胸阔大，比较地不拘一格，比较地宠辱不惊。

人是自然之子，无论上山下乡在历史上做如何评价，它把无数城市青年驱赶放逐到自然与社会的最原始状态，使这些人在饱尝痛苦的同时，深刻地感受到了自然的博大与森严。

在雪原与星空之间

拉练的夜晚，我们在雪原与星空之间露营。

两顶雨布搭的帐篷很窄小，像田野中看秋的农人用玉米秸支的小窝棚。我和小鹿头脚相对，用体温暖和着对方。刚躺下的时候，根本睡不着。平日柔软的被子，此刻变得铁板一样冷硬，被头像锐利的铁锨头，直砍我们的脖子。棉絮好像变成了冰屑，又沉又冷地压在身上。

这是怎么回事？被子被施了妖法！小鹿在对面瓮声瓮气地说。

我本想看看她，但沉重的负担使我没法抬起头来。为了保暖，我们把所有的物品，比如十字包、干粮袋、皮大衣，包括毛皮鞋，都堆在被子上面，像一座拱起的绿色坟堆。此刻，要是有一双眼睛从帐篷外窥视我们，一定以为这是军需品仓库。

我说，被子又不是暖气，自己不会产生热度。它像个水银瓶胆，装进开水它就热，放根冰棍它就凉。我们在零下几十摄氏度的气候里行军，被子的温度当然也是零下了。不能着急，得靠自己身体的暖气，把被子焐热，才会觉得暖和。

小鹿说，只怕到了明天早上，我们还像两条冻带鱼一样，舒展不开手脚。

我说，反正也睡不着，咱们就说说在高原露营的好处吧。

小鹿说，有什么好处？硬要说，第一个好处就是让你不但不困，而且精神抖擞。

此话千真万确。不管你行军多么疲劳，在越来越深的午夜中，寒冷的空气好像不是吸入肺里，而是进了胃，化作无数薄荷糖，让你从里往外透出绿色的清醒，神志警觉无比。

我说，可惜这是以第二天的疲倦为代价，要不然，真该推荐所有的科学家都到高原来工作，人类的伟大发明一定会成倍增加。

小鹿说，第二个好处是空气新鲜。城里的空气被人的鼻子滤过千百遍了。这里的空气从没有人呼吸过，就像从没污染过的泉水。你说是不是世界一绝？

我说，空气倒是很新鲜，只是它里面的氧气含量很少。这就像一种外表很美丽的果子，里面的果仁却又瘦又小。营养太少，中看不中用。

小鹿说，这话可不对。你敢说这里的空气不中用？那你把头钻进被子里，再捏住鼻子。要是你能支撑三分钟以上，明天我帮你背手枪。

我说，我当然不敢把头埋进被子，你的脚太臭了。至于手枪，你别卖假人情。你知道规定是人不离枪、枪不离人的。

小鹿说，谁的脚要是在这种滴水成冰的时候，还能出汗，一定是赤脚大仙托生的。不信你试试！百见不如一闻。

我不想扫小鹿的兴，就把头缩进被子，但根本不喘气，然后很快地探出头来，说，喔，真的没什么味了。

小鹿很高兴，说露营的第三个好处是，可以增长你的天文学知识。你看，天上的星星亮得像猫眼！

我们的雨布虽然薄，但没破洞。只有从两侧的缝隙中，观察星空。铁锹做的帐篷杆和雨布的边缘构成的间隙，很不规则，像是一幅抽象图案。

我说，根本看不到天空的全貌。从我这个角度，北斗七星只能看到一个勺子把儿，牛郎只挑了一个孩子，那个丢了。

小鹿说，你以为我这儿完整吗？银河基本断流，蟹状星云变成了对虾的模样。

我说，哎哟，真了不起，还知道星云。

小鹿说，我妈妈最喜欢天文了，从小就教我。

于是，我们半天都不说话。最后还是小鹿打破了沉默，说我们别说妈妈，那样说一会儿就会流泪的。还是说星星吧。

我赶快拥护，说，就形容自己看到的天和星星的模样吧。

小鹿赶快说，好。

想念亲人就像大海中危险的台风眼，我们思维的小船要赶快掉转航向，飞速离开。

我摇头晃脑端详了半天说，从我这个角度看天空，它的轮廓像一棵宝蓝色的树冠，树上结着许多银色的榛子。

小鹿说，从我这边看哪，天空的形状像一件天蓝色的礼服，那几颗最明亮的星星，就是礼服上的银扣子。

我调整了一下姿势，又说，从我的铁锹把儿侧面看过去，天像一扇敞开的钢蓝色大门，星星就是门上凸起的门钉。

小鹿也扭了身子说，我有一个比喻，你可不要笑我。你答应了，我就说。

我说，只要风和雪不笑你，我才不管呢。

小鹿说，从我这儿看上去，天空像极了一头蓝色的奶牛。那些凸起的星星，就像奶牛的乳头，它们离我们这么近，好像一伸手就可以摸着。用嘴吸一吸，就会有蓝色的乳汁流出来。

我笑起来，说，小鹿，你是不是饿了或是渴了？

小鹿说，你一提醒，我才想起雪原上露营的最大好处，那就是你随时都有冰激凌吃。

小鹿说着，伸手到褥子下面去抓，我听到类似野兽爪子搔扒的声音，再以后是积雪被挤压的声音，最后是小鹿咯吱咯吱的嚼雪声和牙帮骨大肆打架的声音。

我们的身下，枕着一尺厚的白雪。领导宣布在这里露营以后，我埋头用铁锹拼命挖雪，一会儿就在身边堆起一座小雪山。领导走过来说，你这是干什么？

我说，把雪挖走，才能把铁锹埋进土里当支柱，把帐篷支起来。

领导说，你这个傻女子。雪下面是冰，睡在冰地上，明天你的关节就像多年的螺丝钉淋了水，非得锈死不可。

我说，冰和雪还不一样吗？

领导说，当然不一样了。雪是新下的，并不算冷。你没听俗话说过，下雪不冷化雪冷吗？雪底下的永冻冰层，那才是最可怕的。睡在雪地上，就像睡在棉花包里，很暖和的。

我半信半疑，但实在没有力气把所有的冰雪都挖走，清理出足够大面积安营扎寨，只好睡在雪上。这会儿看小鹿吃得很香，不由得也从身下掏一把雪吃。为了预防小鹿汗脚的污染，特地选了我脑袋这侧的积雪。

海拔绝高地带纯正无瑕的积雪，有一种蜂蜜的味道。刚入口的时候，粗大的颗粒贴在舌头上，冰糖一般坚硬。要过好半天，才一丝丝融化，变成微甜的温水，让人吃了没够。

一时间我们不作声，吭哧哧地吃雪，好像一种南极嗜雪的小野兽。我说，小鹿，你把床腿咽进去半截了。

小鹿说，你还说我，你把床头整个装进胃里了。

我们互相开着玩笑，没想到才一会儿，我和小鹿的身体都像钟摆一样哆嗦起来，好像有一双巨手在疯狂地摇撼着我们，这才感到雪的力量。

小鹿……我们……不能再……吃下去了，会……冻死。我抖着嘴唇说。

小鹿回答我，好……我不吃了……我发现，雪是越吃越渴……

我们把自己缩成小小的一团，借以保存最后的热量。许久，许久，才慢慢缓过劲来，被雪凝结的内脏有了一点暖气。

我有点困了。小鹿说。

困了就睡呗。我说，觉得自己的睫毛也往一起粘。

可是我很害怕。小鹿说。

怕什么？我们的枕头下面有手枪。真要遭到袭击，无论是鬼还是野兽，先给它一枪再说。周围都是帐篷，会有人帮助我们的。我睡意蒙眬地说。

小鹿说，我不是怕那些，是怕明早我们起来，会漂浮在水上。

我说，怎么会？难道会发山洪？

小鹿说，你是不是感到现在比刚才暖和了？

我说，是啊。刚才我就觉得暖和些了，所以才敢吃雪。吃了雪，就又凉了半天。现在好像又缓过劲来了。

小鹿说，这样不停地暖和下去，还不得把我们身下的雪都焐化了？明天我们会在汪洋中醒来。

我说，别管那些了，反正我会游泳。

小鹿说，我不会。

我说，我会救你的。你知道在水中救人的第一个步骤是什么？

小鹿说，让我浮出水面，先喘一口气。

我说，不对。是一拳把你砸晕，叫你软得像面条鱼。你这样的胆小鬼，肯定会把救你的人死死缠住，结果是大家同归于尽。把你打昏后，才可以从容救你。

小鹿说，求求你，高抬贵手，还是不要把我砸晕。我这个人本来脑子就笨，要是你的手劲掌握不准，一下过了头，还不得把我打成脑震荡，那岂不是更傻了？我保证在你救我的时候，不会下毒手玉石俱焚。

我说，哼，现在说得好听，到时候就保不齐了……

小鹿说，我们是同吃一床雪的朋友，哪儿会呢……

我们各自抱着对方的脚，昏昏睡去。

起床号把我们唤醒的时候，已是高原上另一个风雪弥漫的黎明。我们赶忙跳起，收拾行装。待到我们把被褥收起，把帐篷捆好，才来得及打量一眼昨晚上送我们一夜安眠的雪床。

咳！伤心极了，我们太高估了人体微薄的热量。雪地上不但没有任何发洪水的迹象，就连我们躺卧的痕迹也非常浅淡，只有一个轻轻的压痕，好像不是两个全副武装的活人曾在此一眠，而是两片大树叶落在这里，又被风卷走了。只是在人形痕迹的两端，有几个不规则的凹陷，好像某种动物遗下的爪痕。

那是我们半夜吃雪的遗址。

灵魂飞翔的地方

高原上的卫生员没有正规的课堂，几乎像小木匠学徒一样，由老医生手把手地教。医学这门学问，不太适合自学。你没法在病人身上做试验，基本上不允许反复的失败。你付出的是时间，就算辛苦点不在乎，但病人付出的是血和生命，没法一而再、再而三地让你演习。

为病人做臀部肌肉注射时，老医生总是叮嘱：小心啊，千万别把药打到坐骨神经上，万一打错了，病人就会一辈子下肢瘫痪！

想想吧，多可怕！你随意挥洒，几秒钟的一个动作，就让一个人永远站不起来了，吓不吓人？但这根绞索似的坐骨神经究竟在什么地方，谁知道？你去问老医生，他会说，书上写着呢，自己看去吧！可你翻开书一看，那张人体解剖图上，蛛网似的血管神经，画了几十上百条，好像一张军用地图。坐骨神经只是细细一根，从肌肉中央穿过。臀部——活人身体里这个每天牢牢坐在凳子上的大部位，在书上缩成了乒乓球般的一个简图，埋伏在其中的纤弱神经，头发丝一般，无法想象它的真实模样。更不用说在解剖图谱的下方，还一本正经地注释着，神经走向可有变异，本书仅供参考。

简直让你没法相信它。

老医生还形容说，万一把针戳到坐骨神经上，你会有竹扦子扎在粉条上的感觉，这时候悬崖勒马，虽说有损失，还来得及弥补。所以，每次打针的时候，都要高度警惕。

我们紧追着问，那粉条是粗的还是细的？绿豆粉还是红薯粉？竹扦子是毛衣针那样的，还是穿糖葫芦那种竹棍？

老医生拉下脸来，说你们这帮女孩子怎么这么啰唆，不知道，不知道！医生的嘴、护士的腿，这种事问老护士去！

老护士的态度倒是不错，可惜只有他一个人碰到过类似的危险情况。他说，注射的时候，碰到病人像弹簧一般跳了起来，结果针头断在肉里面，幸好针只扎进去了一半，根部还像刺一样露在屁股外面。忙过来了几个人，把病人像犯人一样按住，赶快用止血钳揪着针尾，好歹把针拔了出来。他抚着胸口说，那一回，吓得我真魂出窍。

我们很感兴趣地问，是扎在坐骨神经上了吗？

老护士说，谁知道！也许是扎在病人的脑神经上了，要不他怎么会大叫一声蹦起来？

我们锲而不舍地追问，有竹扦子扎粉条的感觉吗？

老护士心有余悸地说，忘啦！忘啦！哪儿有那么复杂精细！不过，从那以后，我看见屁股就害怕，打针的时候，尽量往臀部的上方和外方打，那里似乎离坐骨神经最远。

我们趴在图谱上对照，发现老护士说的是一条真理。坐骨神经长得再怎么变异，也不会长到臀部的上外方去。那里像马路上的安全岛，是一个保险地带。

我们照方办理，而且不断发扬光大。直到有一天，老医生对我们说，我给病人开的医嘱是臀部肌肉注射，可你们把针戳到病人的腰眼上了。

我们引经据典地说，那儿没有坐骨神经。

老医生严厉起来，说，那儿有肋间神经！

我们也气起来，说，这神经那神经，谁知道神经是个啥玩意儿？总有一天，大家非要发神经！

老医生就愣在那儿，自己先发起神经来。

再比如说学习眼睛，老医生在墙上挂了一张彩色图，说是眼球的横剖面。就是说，用一把又薄又快的刀片，沿着眼球的横轴，向着颅骨方位切下，然后绘出图来。图倒是挺好看的，花花绿绿，最上面是一座弯弯的拱桥，好像苏州园林建筑。据说那就是虹膜。不过，拱桥下面可没有小巧的木船和长长的流水，是一团电线似的黄斑，按照图上的标志，那是视网膜最灵敏的区域。

我隔着眼皮按了按很有弹性的眼珠，对照着这张神秘莫测的图，实在想不通，滴溜溜圆的眼睛，怎么变成了一座五彩的拱桥。

我同老医生谈了自己的感想，他吹胡子瞪眼地说，你的几何一定不好，没有空间想象力。

我说，那你别让我当卫生员好了，我正不想干这个呢！爬电线杆子不需要空间想象力，本来就在空间里。

老医生被我呛得没话说，若有所思。

有一天，老医生对我们说，你们愿不愿意上一堂人世间最真实的解剖课？

我们齐叫，当然愿意。

老医生说，那就要不怕吃苦，不怕受累，不怕爬山，不怕血……

果平说，那是上课还是打仗？怎么比拉练还艰难？

老医生说，算你猜得对。我们就是要到高高的山上去解剖。说穿了，是一种简易的天葬。

天葬是当地兄弟民族的风俗，人死了，请天葬师把尸体背上专门的天葬台，用特制的工具，把肉身分解成无数小块，飞翔的兀鹰就把分散的人体，噙向高渺的天空……

我们说，你会天葬吗？

老医生说，我不会。现在情况特殊，天葬师都找不到了，无法实施正规的天葬，我可以通过解剖，达到和天葬同样的效果。我已经和病人的家属商量好了，由我安葬他们逝去的亲人，尽量达到天葬的效果，他们同意了。

我们战战兢兢地说，什么时间？

老医生一字千钧，说，明天。你们除了可以看到坐骨神经和眼球的构造，还可以看到真正的恶性肿瘤。

那一天晚上，我们都睡得很不安宁，总像有一双铺天盖地的灰色翅膀，毛茸茸地抚摸着我们的头顶。

早上起来，小如穿上高筒毡靴，戴着口罩，佩着风镜，从头武装到脚。河莲笑她，你这是上解剖课，还是去疫区作战？

小如说，这样，我的胆子就会大一些。

死者是一个牧羊人，得的病是肝癌。病故后，家属本着对解放军的高度信任，把亲人的遗体托付给金珠玛米，由医生安排。家中活着的人，就赶着羊群向远方走去。老医生拿出一副担架，对我们说，把尸体抬到上面去。

我们七手八脚行动起来。逝者是一个五十岁上下的汉子，瘦骨嶙峋。我们把他从太平间请出来，安放在担架上，再把担架抬进解放牌大卡车车厢。

司机也是第一次执行这种奇特任务，说，开哪儿去？

老医生说，很简单，开到最高的山上去。

司机说，那可办不到。咱们这里最高的地方是喜马拉雅山，爬上去的人都是登山英雄，汽车绝对上不了。

老医生说，我的意思，是把车开到附近公路能够到达的最高海拔。

司机说，明白了。反正我就一直往前开，开到汽车不能走的地方，我就停下来。

担架蒙着白单子，很圣洁的样子。解放车车厢里的地方不算小，但中央摆了一副担架，剩下的地方也就不很宽敞了。我们拼命想离担架远一些，挤到大厢四角。但甭管怎么躲，与死人的距离也超不过两尺。我昨天还给这汉子化验过血，和他说着话，此刻他却静静地躺在那里，再不会呼吸。随着车轮的每一次颠簸，他像一段木头，在白单子底下自由滚动。

汽车在蜿蜒的公路上盘旋，离山顶还有很远，路已到尽头。司机把车停下来说，四个轮子没办法了，剩下的路就靠你们的两个轮子了。我在这里等你们。

我们把担架抬下来，望着白云缭绕的山顶发愁。老医生说，两个人一组，共需四个人，你们还剩一人做替补，谁累了就换一下。我在前面做向导。好了，现在报名，你抬前架还是后架？

看着平放在地上的担架，我想想说，我抬后面吧。

这实在是利己的想法。想想吧，如果抬前架，一个死人头颅就在你身后不到半尺的地方，沉默地跟随着你，是不是有寒毛奓起的感觉？在后面虽然离死人的距离是一样的，但你的目光可以随时观察他的动作，心里毕竟安宁多了。

小如赶紧说，我和小毕在一起。

河莲勇敢，痛快地说，我抬前面。

还剩下小鹿和果平。果平说，小鹿你就当后备队吧，我和河莲并肩战斗。

分工已毕，小小的队伍开始向山头挺进。老医生走在最前面，负有重大使命，须决定哪座峰峦才是这白布下的灵魂最后的安歇之地。

在高海拔的地方，徒步行走都很吃力，更甭说抬着担架。幸好病人极瘦，我们攀登时费力稍轻。我们艰难地高擎担架，在交错的山岩上竭力保持平衡。尸体冰凉的脚趾，因了每一次的颠簸，隔着被单颤动不止。坚硬的指甲像啄木鸟的长嘴，不时敲着我和小如的面颊。小如拼命躲闪，连累得担架也歪了，病人的身体发生倾斜，她那个方向被啄得更多。倒是我这边听天由命，比较从容。

我们不敢有片刻的大意，紧盯着前面人的步伐。河莲和果平往东我也往东，她们往西我也往西。若是配合不默契，一失手，肝癌牧人就会从担架上滑下来，稳稳坐在我和小如的肩膀上。

山好高啊！河莲仰头望望说，我的天！再这样爬下去，你们干脆把我就地给天葬了算了。

果平也说，真想和担架上躺着的人换换位置哦。

小鹿说，我替换你们。

小如说，你也不是三头六臂，能把我们都换了吗？

我身为班长，在关键时刻得为民请命。抑制着喉头血的腥甜，对走在前头的老医生说，秃鹫已经在天上绕圈子了，再不把死人放下，会把我们都当成祭品的。

老医生沉着地说，你太看不起这些翱翔的喜马拉雅鹰了。鹰眼会在十公里以外，把死人和活人像白天和黑夜一般截然分开。只有到了最高的山上，才能让死者的灵魂飞翔。我们既然受人之托，切不可偷工减料。

只好继续爬啊爬……终于，到了高高的山上，一伸手就可以摸到天的眉毛。我们"嘭"的一声把担架放下，牧羊人差点从担架上跳起来。老医生把白单子掀开，把牧羊人铺在山顶的沙石上，如一块门板样周正，锋利的手术刀口流利地反射着阳光，簌然划下……他像拎土豆一般把布满肿瘤的肝脏提出腹腔，仔细地用皮尺量它的周径，用刀柄敲着肿物，倾听它核心处混沌的声响，一边惋惜地叹道，忘了把炊事班的秤拿来，这么大的癌块，罕见啊……

喜马拉雅鹰在我们头顶上愤怒地盘旋着，巨大的翅膀呼啸而过，扇起阳光的温热、峡谷的阴冷。牧人安然的面庞上，耳垂还留着我昨日化验时打下的针眼，粘着我贴上去的棉丝。因为病的折磨，他干枯得像一张纸。记得当时我把刺血针调到最轻薄的一挡，还是几乎将他的耳朵打穿。他的凝血机制已彻底崩溃，稀薄的血液像红线一般无休止地流淌……我使劲用棉球堵也无用，枕巾成了湿淋淋的红布。牧羊人看出我的无措，安宁地说，我身上红水很多，你尽管用小玻璃瓶灌去好了，我已用不着它……

注视着生命的短暂与无常，我在这一瞬，痛下决心，从此一生努力，珍爱生命。大家神情肃穆，也都和我一样，在惨烈的真实面前，感到生命的偶然与可贵。

好了，现在，我把坐骨神经解剖出来给你们看。老医生说着，将牧羊人翻转，把一根粗大的白色神经纤维从肉体里剔了出来。

看清楚了吗？他问。

看清楚了。我们连连点头。

还要看什么？老医生像一个服务态度很好的售货员，殷勤地招呼着顾客。

不，我们什么都不看了。我们异口同声地说。

好像我还记得，你们之中有谁说过，她不明白眼球的解剖？我现在可以演示给你们看。老医生说着，又把牧羊人翻过来。

我大叫道，是我说的。可是我现在已经明白了，非常清楚，我不需要您演示了。我们想回家。

是的。现在最想干的一件事，就是回家。我们迫不及待地说。

老医生狐疑地看着我们说，这个机会可是千载难逢。不过，既然你们全都懂了，我就不给你们详细讲了。现在，请你们慢慢往山下走吧。

我们说，你呢？

他说，我要留在这里，把牧羊人分成许多部分，让喜马拉雅鹰把他带到云中去。那是他们信仰的灵魂居住的地方。

我们说，你害怕吗？

老医生很沉着地说，为什么要害怕呢？我这是在做善事啊。包括让你们看这些解剖的场面，你们一定觉得很残酷，其实，一个好的医生，必须精确地了解人体的构造，这才是对生命的爱护。不然，你看起来好像很仁慈，因为稀里糊涂一知半解，就会给人看错了病，耽误了病情，那才是最大的残忍呢。

我们除了点头，再说不出别的话。

我下决心问道，人的眼睛和别的动物的眼睛，是一样的吗？

老医生说，从理论上讲，哺乳动物的眼睛结构都是一样的。这话什么意思？

我说，哦，没什么意思。随便问问。

听了老医生的话，我虽然从道理上明白了，在尸体上学习解剖，是正义、正当的事业，但我还是无法在牧羊人的眼球上，进行学习研究。他曾经那么信任地注视过我，用的就是这双眼睛，我不忍心看到它破碎。还是以后找机会，在一只牛眼上学习吧。

我们走了。不敢往身后看。巨大的鹰群从我们头顶俯冲而下，好像巨型轰炸机。

小鹿对我说，你知道我今天最大的感想是什么？

我说，你看着我们累得不行，自己却躲了清闲，一定在暗中偷偷乐吧？

小鹿说，班长，别开玩笑。也许因为你们一直是在负重行军，所以就来不及想更多的事情。我空着手走路，想得就格外多些。

小鹿附在我的耳边悄声说，我想的是，生命真好，活着真好，年轻真好。